KB117788

안철수,
내가 달리기를 하며 배운 것들

안철수,
내가 달리기를 하며 배운 것들

인내하며 한 발 한 발 내딛는 삶에 대하여

안 철 수   지 음

21세기북스

마음이 중요하다.

근육은 고무 조각과 같다.

내가 '나'인 것은,

바로 '마음' 때문이다.

_ 파보 누르미(1924년 제8회 파리 올림픽 육상 5관왕)

미국 캘리포니아 주 동쪽의 데스 밸리Death Valley는 넓이 7,800제곱킬로미터로 서울의 13배 되는 황무지다. 미세먼지 해결 프로젝트를 위해 미국에 갔을 때 잠시 틈을 내어 달리기 연습을 했다. 딸 설희가 사진을 찍었다.

인생에서 늦은 때란 없다

서울에서 살던 시절, 나는 종종 중랑천을 달렸다. 서울과 경기도 의정부 접경에 살고 있었기 때문에 왕복 5킬로미터 정도만 뛰면 의정부까지 갔다 올 수 있었다. 그때까지만 해도 일주일에 한두 번 정도 뛰던 시절이라 '달리기'를 주제로 책을 쓰게 될 줄은 몰랐다.

내가 본격적으로 달리기를 시작한 계기는 바로 딸 설희 덕분이었다. 2016년 8월 무더웠던 여름, 나와 아내, 설희 이렇게 셋은 오랜만에 만나 함께 시간을 보내고 있었다. 어느 날 아침, 설희는 이른 새벽부터 달리기를 하러 나갈 준비를 했다. 설희는 학창 시절부터 달리기를 좋아했고 이미 몇 번 하프 마라톤을 뛰기도 했다. 평소처럼 달리기를 하려던 차에 날씨가 워낙 덥다 보니 새벽에 뛰려던 것이었다. 그런데 부모 마음이 참 그랬다. 아직 날이 밝지 않아 어두운데 혹시라도 위험하지 않을까 하는 생각이 들었다. 딸이 걱정되는 마음에 아내와 나는 잠결에 일어나 아이를 따라 나섰다.

그전까지 나는 조깅을 가벼운 운동쯤으로 생각했다. 별 생각 없이 설희를 따라 달리기를 시작했는데 아뿔싸, 고작 100미터를 뛰고 숨이 턱까지 찼다. 앞서 달리던 딸은 뒤처지는 엄마와 아빠가 걱정되는지 자꾸 뒤를 돌아보았다. 아이가 돌아볼 때마다 왠지 부모 체면이 말이 아닌 것 같아서 중간에 포기하지도 못했다. 여러 번 도중에 쉬었다 뛰었다를 반복하면서 땀을 뻘뻘 흘리고 돌아왔을 때 무척 힘들긴 하지만 개운한 느낌, 복잡한 생각이 말끔히 사라지는 기분이 들었다. 그리고 오랜만에 심장이 뛰고 있음을 느꼈다.

그렇게 나는 자연스럽게 달리기의 세계로 들어섰다. 달리기를 계속하며 들었던 생각은 조금이라도 더 빨리 달리기를 시작했으면 얼마나 좋았을까 하는 안타까움이었다. 오십 중반에 달리기를 시작한 것이 결코 빠르다고 할 수는 없다. 그렇지만 인생에서 늦은 때란 없지 않을까? 그리고 언제든 새롭게 시작할 수 있는 게 인생 아닐까?

어느 대기업 사외이사를 했던 때의 일이다. 그 당시에는 사회적 분위기상 큰 기업일수록 사외이사의 평균 나이가 높았다. 그때 나는 그 기업 최초의 40대 사외이사였고, 다른 분들은 대부분 6, 70대였다. 처음 회의에 참석했을 때의 기억은 지금도 선명하다. 70대 선배들이 60대 후배들에게 건네는 한마디는 이랬다. "난 자네가 진짜 부럽네. 내가 지금 자네 나이면 못할 일이 없을 것 같아."

달리기를 시작하기에는 늦은 나이라고 생각하던 차에 그때의 기억이 떠올랐다. 일흔이 넘은 어르신들께서 예순이 넘은 후배를 보며 왜 그런 말씀을 하셨을까? 그분들도 10년 전에는 이런 생각을 했을지 모른다. '이제 내 나이가 육십인데 뭘 새로 시작하겠어?' 육십에도 하고 싶은 일이 있었지만 나이가 많다는 생각이 가로막았을 것이다. 그런데 시간이 지나 일흔이 되어 돌아보니, '아, 그때도 충분히 뭐든 새로 시작할 수 있는 나이였구나!'라는 깨달음이 들었던 건 아닐까?

우리 인생에서 늦은 때란 없다는 생각을 다시 한 번 해본다. 달리기도 마찬가지다. 내가 달리기를 늦게 시작한 건 안타깝지만, 어떤 일이든 일단 시작하는 순간이 우리 인생에서 가장 빠른 때라고 생각한다.

내가 달리기를 시작하자 50대 중반의 나이에 힘들지 않느냐는 질문도 많이 받았다. 나를 책상에 앉아 공부만 하는 약골이라고 생각하시는 분들도 있지만 사실 그렇지 않다. 물론 예전에 책상에 오래 앉아 있었던 건 맞지만 허약 체질은 아니다. 학창 시절의 나는 100미터 단거리 달리기는 느려도 1,000미터 오래 달리기는 유난히 잘 뛰었다. 장거리는 힘들어도 참고 이를 악물고 달리면 상위권에 들었다. 체격이 크진 않아도 어깨 근육은 튼튼하고 넓은 편이다. 나중에 어머니로부터 할머니의 아버님께서 씨름 선수였다는 이야기를 듣고서 어쩌면 내 체력이 집안 내력일지 모른다고 생각했다.

씨름 대회에 나가서 우승도 하셨다는 선조께서 좋은 체력을 물려주신 것 같다. 내 인상이 운동과 거리가 있어 보임에도 불구하고, 별 운동도 안 한 상태에서 컴퓨터 바이러스 백신인 V3를 만드느라 새벽 3시에 일어나는 일을 7년간 버틸 수 있었고, 정치하는 6년 동안 주말 없이 강행군을 해도 아프지 않고 많은 일을 해낼 수 있었다. 늦은 나이에 달리기를 시작했음에도 잘 뛸 수 있었다. 좋은 체력을 물려주신 선조와 부모님께 감사할 따름이다.

오십 중반에 달리기를 시작해 육십을 바라보는 지금의 나는 라이프스타일을 완전히 바꾸었다. 지금은 마라톤 연습 중이기도 해서 일주일 평균 50킬로미터, 한 달 평균 200

킬로미터를 달리고 있다. 하프 마라톤에 이어 42.195킬로미터 풀코스 마라톤도 완주했다. 그리고 이제는 이 좋은 경험을 보다 많은 사람과 나누고 싶다. 먹고 싶은 음식 마음껏 먹어도 살이 빠지고 피부도 좋아지고 건강하고 활력 있는 삶을 만들어주는 달리기를 많은 사람에게 전파하고 싶다.

달리기는 몸의 건강뿐만 아니라 스트레스, 우울증, 불안 해소 등 정신 건강에도 많은 도움을 준다. 뇌로 혈액 순환이 원활하게 되어 집중력이 높아지고 알츠하이머병 예방에도 효과가 있을 것으로 여겨진다. 수명 연장에 도움이 되는 유일한 운동이라는 연구 결과도 있다. 걷기는 오래 건강하게 살 수 있게 해주지만 수명 연장에 이르지 못하고, 달리기만이 그러한 효과가 있다는 것이다.

또한 달리기는 실생활에도 많은 도움을 준다. 아내와 함께 스페인 바르셀로나에서 마드리드로 가는 고속 열차를 타러 역으로 갔을 때의 이야기다. 차가 밀리는 바람에 역에 도착했을 때 기차 출발까지 시간이 얼마 남지 않은 상황이었다. 나와 아내는 기차를 놓치지 않기 위해 큰 배낭을 맨 채 쉬지 않고 전속력으로 달렸고, 가까스로 기차에 올라타자마자 문이 닫히고 출발했다. 우리가 함께 꾸준히 달리기 연습을 하지 않았다면 기차를 놓치고 말았을 것이다. 웃자고 하는 이야기지만, 영화 「미션 임파서블」의 톰 크루즈나 「본」 시리즈의 맷 데이먼이 주인공으로 나오는 스파이 영화만 봐도 그렇다. 달리기를 통해 위기를 넘기고 목숨을 구한 순간이 얼마나 많던가?

무엇보다 달리기는 상처가 생긴 마음을 어루만져준다. 사람은 때에 따라 차분히 이성적으로 꼼꼼하게 생각해야 하는 경우도 있지만 늘 논리적인 건 아니다. 감정적인 부분은 그것을 풀 수 있는 시간과 기제가 필요한데 달리기가 그 역할을 해준다. 미국 CBS 방송의 프로그램 「60 Minutes」에 『잘못은 우리 별에 있어』를 쓴 작가 존 그린이 출연한 적이 있었다. 강박장애로 엄청난 문제와 고통을 끌어안고 살던 그 역시 달리기의 도움을 많이 받았다고 한다. 뛰는 동안은 너무 힘들어서 아무 생각이 나지 않는다는 그의 말에 나도 공감이 갔다. 좀 더 멋있게 표현하지면 '무아지경'에 빠진다고 할까? 지나간 일들, 고통스러운 기억, 상처로 얼룩진 마음이 달리기를 통해 순화된다. 뛰는 동안 숨이 헐떡이고 심장이 뛰고 발이 아파오는 느낌은 내가 지금 이 순간에 살아 있다는 사실을 일깨워준다.

나는 이제 독일에서 뮌헨의 오래된 공원을 달리고 있다. 독일의 막스 플랑크 연구소Max-Planck-Gesellschaft의 초청으로 2018년 9월부터 이곳의 방문 학자로 지내고 있다. 유럽은 내게 낯선 땅이었지만, 이곳에서의 생활이 1년이 된 지금, 독일과 독일인에게서 배우는 것도 크다. 이들이 만들고 있는 혁신과 가치에 대해서만이 아니라 일상의 '행복'에 대해서도 많은 것을 깨달았다.

우리나라 사람들은 유럽 사람들보다 더 근면하게 열심히 일한다. 일도 더 잘한다. 그러나 매일매일의 삶이 행복하지 않은 경우가 많은 것 같다. 나는 우리 모두가 좀 더 행복해졌으면 한다. 이것이 내가 이 책을 쓰려고 한 근본적인 이유다.

이 책에서 나는 달리기를 하며 배운 것들을 이야기하면서, 나의 독일 생활과 보통의 일상을 나누려 한다. 나는 무엇을 시작하든 먼저 책을 읽고 공부하는 경향이 있어서 바둑도, 심지어 회사 경영도 책에서 많은 것을 배웠다. 달리기 공부도 딱 그랬다. 달리기를 하기로 마음먹은 뒤 짧은 시간 동안 10여 권의 책을 읽었다. 러너들을 위한 세계적인 잡지 「러너스 월드Runner's World」도 구독해서 읽고 있다.

특히 달리기는 실전도 중요하지만 이론적인 부분 또는 요령을 알면 좀 더 잘 달릴 수 있고 부상도 최소화할 수 있다. 그래서 내가 공부하고 경험한 것을 글로 남긴다면 다른 사람들은 나처럼 시행착오를 거치지 않고 달리기의 즐거움을 누릴 수 있지 않을까 생각한다.

　또한 독자들의 이해를 돕기 위해, 독일에서 받은 아이폰 6로 틈틈이 찍은 사진들도 가능한 많이 책에 담았다. 내가 나온 사진 이외의 대부분 사진들은 내가 직접 찍은 것이다. 사진을 찍을 때 나의 시선과 감정을 독자들도 느낄 수 있으면 좋겠다.

　인생에서 늦은 때란 없다지만, 좋은 것이라면 많은 사람이 더 빨리 시작하길 바라는 마음이 크다. 독일에서 내가 쓴 편지와 같은 이 책을 읽으며 달리기를 시작하고 행복을 찾는 사람이 조금이라도 더 생긴다면 바랄 것이 없겠다.

2019년 9월,
독일 뮌헨에서 안철수 쓰다

차례

1부

나는 뮌헨에서
진정한 러너가 되었다

다음 마라톤에 도전할 때는
이전 경기를 잊어야 한다.
어떤 일이 일어날지
상상할 수 없기 때문이다.

_프랭크 쇼터(1972년 제20회 뮌헨 올림픽 마라톤 금메달리스트)

뮌헨 올림픽이 열린
스타디움 속으로

2018년 10월 14일, 독일 뮌헨 마라톤München Marathon 10킬로미터 완주의 순간이 눈앞에 다가오고 있었다. 1972년 제20회 뮌헨 올림픽이 열린 스타디움은 이번 대회의 마지막 골인 지점이기도 했다. 스타디움을 향해 벅차오르는 숨을 참고 마지막 한 발 한 발을 힘겹게 내딛었다. 멀리서부터 들려오는 사람들의 함성이 점점 커지고 동굴처럼 어둡지만 반짝거리는 불빛으로 가득한 통로를 지나 마침내 경기장 트랙 안으로 들어섰다. 눈부신 하늘과 수많은 군중, 흥겨운 음악소리와 격려의 함성으로 온 세상은 마치 축제 같았다. 나는 국가대표 마라톤 선수라도 된 듯 트랙을 돌았다. 이보다 멋진 순간이 또 있을까? 이렇게 나는 독일에서 첫 번째 완주를 마칠 수 있었다.

54분 6초의 기록. 가슴이 벅차올랐다. 독일에 오자마자 연습도 제대로 못한 채 참가한 대회였다. 10킬로미터는커녕 5킬로미터도 뛸 수 있을지 의문이었다. 마지막까지 경기를 제대로 끝낼 수 있을까 하는 두려움, 숨이 끊어질 듯 고통스러운 순간을 참고 달렸다. 갈수록 1킬로미터가 너무나도 길게 느껴졌다. 드디어 골인한 순간, 고통과 두려움은 순식간에 사라졌다. 머릿속 복잡했던 생각들도 그 순간만큼은 말끔히 사라졌다. 그리고 15분 정도가 흘렀을까, 스타디움으로 들어오는 아내의 모습이 보이기 시작했다. 아내와 나는 이번 대회에 함께 참가했다. 아내도 결승선까지 트랙을 돌고 드디어 골인, 우리는 함께 완주를 마쳤다. 기쁨은 두 배가 되었고 반가운 마음에 나는 아내를 만나기 위해 달려갔다. 그런데 그때 갑자기 아내가 중심을 잃고 쓰러지듯 주저앉고 말았다.

1983년부터 시작된 뮌헨 마라톤의 특징은 뮌헨 올림픽의 마라톤 코스를 그대로 따른다는 것이다. 42.195킬로미터 마라톤과 21.0975킬로미터 하프 마라톤, 내가 참가한 10킬로미터 마라톤 코스 등이 있고 2018년에는 4,550명이 넘는 사람들이 참가한, 어느 정도 규모 있는 대회다. 좋은 점은 10킬로미터 코스 참가자들도 결승선까지 마지막 300미터를 올림픽 스타디움 안에서 달릴 수 있다는 것이다. 평소에는 닫아놓는 올림픽 스타디움도 이 대회에서만은 개방해서 참가자들이 올림픽 스타디움을 달리는 영광스러운 기회를 가질 수 있도록 해준다.

2018년 9월 초 독일에 도착해 새로운 생활에 익숙하지 않은 시기, 우리 부부는 무작정 마라톤 대회 참가 신청을 했다. 그러고 나서도 일주일에 두세 번, 5킬로미터 정도를 뛰는 게 고작이었다. 당시에는 누군가 달리러 나가는 일이 귀찮지 않느냐고 물었다면 1초도 망설이지 않고 '귀찮다'고 답했을 것이다. 솔직히 힘들지 않느냐고 물었다면 당연히 '힘들다'고 말했을 것이다. 결국 달리기는 자기 자신과의 싸움이다. 하지만 달리다가 지치고 힘겨울 때 누군가의 응원이 없으면 아마 더 힘들지 않을까 싶다. 텔레비전에서 해주는 마라톤 중계를 보면 거리에 나와 박수와 환호를 보내는 사람들이 있는데 실제로 달려보면 그분들이 주는 힘은 생각보다 훨씬 크다. 어린아이들까지 나와서 고사리만 한 손을 내밀어 하이파이브를 해주면 고통스러운 순간에도 얼굴에 웃음이 번지고 힘이 솟는다.

아내도 분명 사람들의 응원을 들으며 힘을 냈을 것이다. 하지만 독일에 오기까지 나와 아내 모두 아무렇지 않은 상태였다고 말하기는 어려울 것 같다. 마음의 상처라고 해야 하나, 정신적으로 상당히 힘든 시기였음을 부인하지는 못하겠다. 독일이라는 새로운 환경에 적응해야 했고, 정치 과정에서의 상처도 완전히 떨쳐내지 못한 상황에서 출전한 대회였다. 아내의 마음이 괴로운 이유는 모두 나 때문이었다. 지난 6년의 시간 동안 내가 해온 정치의 결과, 그 모든 것은 바로 내 책임이다. 가족은 물론 주변 사람들, 내 뜻을 지지해준 많은 사람이 큰 상처를 받았다. 나는 그 모든 상처에 대한 무거운 책임을 지고 있다. 잘못된 일에 대해서는 남을 탓하기보다 내가 부족했기 때문이라고 생각하는 성격이어서 마음이 더 괴로웠다.

실제로 달리기를 해보면 알겠지만, 마음이 통일되지 않은 상태에서 페이스 조절을 잘하며 달리기란 쉽지 않다. 보통 대회 전에 연습을 제대로 안 했거나, 어떤 이유로든지 마음이 안정되지 않은 사람들은 자기도 모르게 자신의 실력 이상으로 처음부터 힘을 너무 내며 달리는 오버 페이스Over pace를 하게 된다. 불안하거나 괴로운 마음을 극복하려고 더 빨리 뛰게 되는 것인데, 아내가 바로 그렇게 오버 페이스로 달리다가 결승점을 겨우 통과하자마자 주저앉아버린 것이다. 나 역시 아내만큼은 아니지만, 페이스 조절을 잘하며 결승점에 들어온 것은 아니었다. 뭔가 머릿속이 복잡하고 답답한 상태에서, 열정 넘치는 현장의 분위기에 휩쓸려 오버 페이스를 하긴 했다.

한동안 아내가 숨을 헐떡이면서 일어나지 못하고 땅에 누워 있으니까 의료진이 달려와 아내에게 괜찮은지 물어보기 시작했다. 다행히 아내는 5분 정도 땅에 누워 있다가 겨우 숨을 바로 잡고 자리에서 일어날 수 있었다. 아내는 내가 걱정할까봐 연신 괜찮다고 말했다. "괜찮아요. 정말 괜찮아요." 그런 아내를 보며 마음이 더욱 무거워졌다.

오버 페이스로 치자면 지난 6년 동안 쉼 없이 일한 것까지 쭉 이어져온 셈이다. 정치를 시작하고는 쉬는 날, 주말도 없었다. 교수였을 때보다, 회사를 경영했을 때보다 훨씬 더 바쁜 날들이었다. 혼신의 힘을 다했던 가장 현실적인 정책 제안과 입법 등의 의정 활동, 그리고 대한민국 정치사에서 삼김을 포함한 5명만이 해냈던 창당 후 교섭 단체(20명 이상 국회의원 당선)를 만든 뚝심과 돌파력은 제대로 알려지지 않고 오히려 약한 이미지로 평가받을 때면 마음이 아팠던 것도 사실이다. 특히 아내는 왜곡된 사실들에 더 큰 상처를 받은 것 같다.

다시 일어선 아내와 함께 우리는 고생했다며 서로를 격려하고 완주의 기쁨을 만끽했다. 그래도 큰 탈 없이 첫 달리기 대회를 둘 다 무사히 마무리할 수 있어 정말 다행이었다.

그리고 둘 다 달리기를 시작하기 전보다 마음이 한결 가벼워진 것을 느꼈다. 내가 사는 도시에서 열린 마라톤 대회에 그냥 한번 참여해서 속도 조절도 제대로 못한 채 내달리기만 했지만 신기하게도 마음의 상처가 아무는 느낌이었다.

달리기를 하면 괴로움을 잊을 수 있고, 마음의 상처가 회복되는 것 같다. 어려움을 극복할 수 있는 마음으로 만들어준다고 해야 하나, 몸과 마음이 함께 건강해지는 것을 직접 경험하고 있는 중이다. 만일 내가 달리기를 하지 않았다면 이 시간을 견디기 어려웠을 것 같다. 이때부터 나는 달리기를 하며 마음속 상처를 치유하는 것은 물론 인생에 대한 깨달음도 하나씩 깨우쳐가고 있다.

독일의 철학자 니체는 가능한 한 앉아서 지내지 말라고, 자연 속에서 자유롭게 몸을 움직이면서 얻은 게 아니라면 어떤 사상도 믿지 말라고 말하지 않았던가. 나는 달리기를 하며 몸과 마음, 정신력이 한층 단단해지고, 이전보다 풍요로운 삶을 살고 있다. 내가 책을 써서 달리기를 권하지 않을 수 없는 이유가 바로 여기에 있다. 달리기의 진정한 즐거움과 의미를 통해 삶의 풍요로움을 많은 사람과 함께하고 싶은 마음이 절로 들기 때문이다. 강렬하고 가슴 뭉클한 기억을 남긴 뮌헨 마라톤 덕분에 나는 새로운 세계의 문을 하나 연 것 같았다.

1 뮌헨 마라톤 10킬로미터 반환점인 뮌헨 개선문. **2** 뮌헨 마라톤 결승선 골인 직전의 순간. 달리기 어플리케이션(앱)을 처음 사용했는데 휴대전화를 팔이나 허리에 묶는 아이템이 없어서 어쩔 수 없이 손에 들고 뛰었다. **3** 뮌헨 마라톤 마지막 코스인 올림픽 스타디움 결승 지점. 결승선 통과자의 이름과 기록 중에 내 이름이 보인다.

G'SCHAFFT

MÜNCHNER 10-KM-LAUF // ZIEL HERREN / DAMEN

388	Lars Frölich	GER	0:51:08	0:54:33
496	Cheolsoo Ahn	KOR	0:54:06	
147	Daniela Kneißl	GER	0:53:48	+13:59

GENERALI

1-2 뮌헨 마라톤 완주 메달. 3 뮌헨 마라톤 공식 기록 인증서. 4 뮌헨 마라톤 완주 메달에 그려진 여신상의 실제 조형물. 높이 18미터의 청동 여신상은 뮌헨의 상징적인 조형물로, 옥토버페스트가 열리는 장소가 내려다보이는 언덕 위에 세워져 있다.

G'SCHAFFT

MUNCHNER 10-KM-LAUF // ZIEL HERREN / DAMEN

479	Leon Beckhaus	GER	0:53:29	0:54:29
495	Stefan Scheel	GER	0:54:07	
478	Flavio Bertoli	ITA	0:53:28	+13:55

뮌헨 마라톤 결승선 통과 직전의 모습. 대부분 마라톤 대회에서는 참가자들을 위해 사진을 찍어주는 서비스를 제공하며, 공식 사진은 경기 후에 받을 수 있다.

막스 플랑크 연구소 방문 학자와
러너의 삶

내가 독일 뮌헨에 온 이유는 방문 학자로서 여러 연구를 하기 위해서다. 나는 지금 이곳에서 여러 연구와 프로젝트를 동시에 진행하고 있다. 그 덕분에 독일에서 달리기도 본격적으로 시작할 수 있었는데 지금의 일상이 어쩌면 일종의 연구년과 비슷하지 않을까 싶다.

내가 정치를 시작한 때가 2012년이다. 이곳에 2018년에 왔으니 만 6년 동안 정치를 한 것이다. 정치를 시작했던 때나 지금이나 나는 정치가 우리 사회에 대한 퍼블릭 서비스Public Service, 즉 '봉사'라고 생각한다. 개인적으로 편하게 살고자 했다면 시작도 안 했을 일이다. 어떤 의미에서 보면 내가 사회로부터 받은 것이 많다고 생각했기에 나에게 정치는 사회적 봉사를 해야 한다는 소임과 같았다. 결국 내 선거는 승산이 없는 것을 알면서도 나를 믿고 따라온 지방의원 한 사람이라도 더 당선시키기 위해서 지방 선거에 나왔고, 선거 결과를 겸허하게 받아들여 정치 일선에서 물러나기로 했다. 그리고 다시 새로운 것을 배우는 동시에 언젠가는 우리 모두를 위해서 귀하게 쓰일 수 있는 일을 찾아 열심히 하기로 했다.

새로운 배움의 시간을 어디서 보내면 좋을지 알아보다가 익숙한 곳이 아닌 낯선 곳이 더 많이 배울 수 있겠다고 판단했다. 미국은 예전에 공부를 하면서 살아본 곳이지만 유럽에 대해서는 아는 것이 많지 않았다. 마침 독일의 막스 플랑크 연구소 소장을 예전부터 개인적으로 알고 있어 기회가 닿았다.

막스 플랑크 연구소는 1911년에 설립된 독일의 비정부 비영리 과학 연구 기관이다. 80여 개의 연구소에서 자연과학, 생명과학 등의 기초 학문과 함께 혁신 전략을 연구한다. 단일 기관으로서는 최대인 노벨상 수상자 32명을 배출한 곳이기도 하다. 80여 개의 연구소는 독일을 비롯해 유럽 여러 도시에 흩어져 있다. 어느 연구소는 화학을, 어느 연구소는 물리학을 담당하는 식으로 나뉘는데 나와 아내는 그중에서 뮌헨에 있는 혁신과 경쟁을 연구하는 막스 플랑크 연구소Max-Planck institute for innovation and competition의 혁신 파트와 경쟁 파트에 각각 소속해 있다.

혁신 파트의 소장은 하르호프 교수로 매년 독일의 국가적 차원의 혁신 전략 보고서를 만들어 발표하는 사람이다. 그리고 그 내용을 앙겔라 메르켈 총리에게 직접 보고하는 사람이기도 하다. 국가 원수는 보안과 의전 등의 이유로 직접 보고서를 건네받지 않는 법인데, 앙겔라 메르켈 총리는 하르호프 교수에게 보고를 받은 뒤 보고서를 직접 받고 대표 연구자들과 사진을 찍는다. 본인이 물리학 박사 출신으로 누구의 도움 없이도 이해할 수 있고, 본인이 직접 실행에 옮기겠다는 의지의 표현일 것이다. 이렇게 독일의 혁신 전략을 만들어내는 것을 가까이에서 직접 보고 배우면 좋겠다고 항상 생각을 해오던 차에 하르호프 교수와의 인연으로 초청을 받게 되었다.

아내는 현재 법과 의학이 교차하는 지점에서 발생하는 여러 가지 법-제도적인 이슈를 연구하고 있어 특허법을 포함한 지식재산권을 주로 연구하는 경쟁 파트에 오게 되었다. 혁신 및 경쟁 관련 막스 플랑크 연구소가 뮌헨에 있는 것은 독일뿐 아니라 유럽연합 전체의 특허를 담당하는 기구가 뮌헨에 소재해 있는 것과 무관하지 않다. 따로 준비했는데 운 좋게도 같이 올 수 있게 되었다.

1 막스 플랑크 연구소 입구에 있는 간판. 2 연구소 입구를 통과하면 보이는, 독일의 물리학자 막스 플랑크를 기리는 두상 조형물.

1 오데온 광장. 2 레지덴츠 궁. 오데온 광장 역과 막스 플랑크 연구소를 오가는 출퇴근길에서는 오데온 광장과 레지덴츠 궁을 지난다.

1 레지덴츠 궁의 입구에 있는 사자상. 4개의 사자상을 모두 만지면 재물이 들어온다는 전설 때문에 사람들의 손길로 사자상의 아랫부분이 노란 내부가 드러나며 반질반질 빛난다. 2 레지덴츠 궁 안뜰을 지나 막스 플랑크 연구소로 가는 길. 겨울이라 눈이 쌓여 있다. EU 기와 독일 국기 사이에 바이에른 주기가 보인다.

1

2

1 레지덴츠 궁 옆의 호프가르텐. 2 레지덴츠 궁과 호프가르텐 사잇길. 레지덴츠 궁 안 뜰을 지나 막스 플랑크 연구소로 가거나, 궁 바깥으로 호프가르텐 사이에 난 길을 따라 갈 수도 있다. 3 막스 플랑크 연구소는 독일을 비롯해 유럽 여러 도시에 80여 개의 연구소가 흩어져 있다. 4 이곳은 내가 속해 있는 '혁신과 경쟁을 연구하는 막스 플랑크 연구소'.

이렇게 아내와 함께 뮌헨에서 새로운 삶을 시작하게 되었다. 뮌헨은 독일 남부 바이에른 주의 주도다. 유럽에 와서는 차를 사지 않고 항상 대중교통을 이용하는데, 집 앞 전철역에서 지하철을 타고 오데온 광장 역에서 나오면 오데온 광장이 펼쳐진다.

오데온 광장에서 레지덴츠 궁 안뜰을 쭉 가로질러 나가면 내가 일하는 막스 플랑크 연구소가 나온다. 바이에른 왕국을 통치했던 왕가의 궁전인 레지덴츠는 그 규모가 유럽 전체에서 가장 크다고 한다. 전철을 갈아타지 않고 한 번에 올 수 있는 간단한 출퇴근길이다. 내 연구소 방에 들어오면 창밖으로 레지덴츠 궁이 보인다. 한국으로 치면 사무실 창 바깥에 바로 경복궁이 보이는 것과 같다. 소장의 배려로 좋은 위치의 큰 방을 제공받아 쾌적한 환경에서 일할 수 있게 되어 감사하는 마음으로 여러 연구와 프로젝트를 진행하고 있다.

나는 우선 막스 플랑크 연구소에서 독일의 혁신 전략이 세워지는 전 과정을 보고 있다. 독일은 우리가 참고하면 좋을 모델 국가 중의 하나이기도 하다. 다른 나라에는 없는 통일에 대한 경험을 갖고 있고, 통일 후의 과정도 이미 겪지 않았던가. 독일은 제조업도 탄탄한데, 제조업에 강점이 있는 것은 우리나라도 마찬가지다. 특히 독일은 중소기업이

강하다. 히든 챔피언Hidden Champion이라 불리는 중소기업이 꽤 많다. 우리가 배우면 좋을 지점이 아닌가 싶다. 4차 산업 혁명이 시작된 곳이기도 하다.

그리고 틈틈이 이곳의 연구원들, 예비 및 초기 기업가들을 대상으로 창업 아이디어에 관해 조언을 해주는 창업 클리닉Entrepreneur Clinic과 같은 자문 역할을 하고 있기도 하다. 마케도니아에서 온 연구자는 IT 전문가로서 블록체인에 관심이 많아 창업에 대해 자주 상의하러 오기도 하고, 엘살바도르 출신의 박사 과정 학생은 고국의 가난한 병자와 이를 후원해줄 사람을 맺어주는 사회적 기업에 대한 사업 계획을 자문하러 오기도 한다. 연구소 바깥으로도 뮌헨을 중심으로 벤처 기업가들, 대학 교수 등도 만나 지식과 경험을 넓히고, 독일뿐만 아니라 여러 나라를 다니며 각 분야 전문가들과 정부 관계자들을 만나 함께 이야기를 나누고 있다.

독일에서 진행 중인 교육 프로젝트 '러닝Learning 5.0'도 요즘 나의 주요 업무다. 독일 바이로이트 대학과 함께하는 러닝 5.0 프로젝트는 미래 세대를 위한 교육 사업이다. 지금의 아이들 교육은 다음의 세 가지 측면을 중요하게 생각해야 한다. 첫째는 앞으로 피하기 힘든 인공지능과 친숙해지는 것, 둘째는 인공지능이 대신할 수 없는 창의성을 키우는 것, 마지막 셋째는 세계의 경계를 넘나드는 글로벌 시민의

식이다. 이에 바이로이트 대학과 나는 이 세 가지를 한꺼번에 소화할 수 있는 교육 프로젝트를 개발하기 시작했다. 인공지능을 다루는 교육, 예술에 대한 이해를 키워주는 교육, 한국과 독일, 에티오피아 학생들을 대상으로 인공지능 번역을 통해 서로 자유롭게 소통하고 교류할 수 있게 하는 교육이 일차 목표다. 이미 파일럿 스터디의 중간 세미나까지 개최한 후 독일 언론에도 소개가 되었고, 이 책이 출간된 시점에는 파일럿 스터디의 최종 발표회가 진행될 계획이다.

또한 미국의 엑스프라이즈Xprize 재단과 공동으로 진행하는 클린 에어Clean Air 프로젝트는 당분간 내가 많은 시간을 투여할 중요한 과제다. 엑스프라이즈는 인류가 당면한 문제를 해결하기 위해 큰 상금을 걸고 이를 해결한 사람에게 상금을 주어 문제를 해결하는 미국의 비영리 단체다. 상금으로 혁신을 촉진하는 방법은 오래전부터 있어왔다. 처음 대서양을 비행기로 횡단하는 데 상금을 걸어서 찰스 린드버그의 대서양 횡단이 이루어진 것이 대표적인 예다. 덕분에 그 시기가 앞당겨져서 항공 기술과 산업 발전에 큰 역할을 했다. 미세먼지는 특히 자라나는 우리 아이들의 건강에 심각한 해를 끼치는 중대한 문제이며, 국경을 초월한 글로벌한 문제다. 따라서 이를 해결하기 위해서는 우리나라의 전문가뿐만 아니라 전 세계의 과학자와 발명가의 관심

막스 플랑크 연구소 연구원들의 세미나 요청으로 'Lessons Learned from Founding Four Different Types of Organizations in South Korea(한국에서 네 가지 다른 형태의 조직 설립으로부터 배운 교훈)'를 주제로 발표를 했다. 사진은 발표가 끝난 후 Q&A 시간.

과 참여를 유도하는 것이 바람직하다고 생각한다. 이것이 엑스프라이즈와 협업을 하게 된 이유다.

그리고 지금 쓰고 있는 이 책 작업도 중요한 일과 중 하나다. 이와 동시에 나는 여러 마라톤 대회에 틈틈이 참여하는 러너의 삶을 병행하고 있다.

하고 있는 일들을 나열하고 보니, 어쩌면 이 모든 게 달리기와 똑같다는 생각이 든다. 지금 내 눈 앞에 닥친 일, 내가 직접 움직여야 진행되는 일이라는 공통점이 있기 때문이다. 달리기는 내가 발걸음을 내딛어야만 앞으로 나아가지 않던가. 한 발 한 발 떼는 걸음에 집중을 해야 완주가 가능하지 않던가. 나도 내 눈앞에 닥친 많은 일을 열심히 달리는 마음으로 하나씩 해나가고 있다.

미국 엑스프라이즈 재단과 공동으로 진행하는 클린 에어 프로젝트 팀과의 협약식.

독일 바이로이트 대학과 함께하는 러닝 5.0 프로젝트.

시민 참여 온라인 플랫폼으로 세계적으로 유명한 스페인의 디사이드 마드리드
Decide Madrid 팀.

2029년의 세계에 대한 콜로키움Colloquium에 발표자로 참석했다.

작고 오래된 아파트,
공원이 가까운 집

　뮌헨에서 내가 살고 있던 집은 계약 면적 30평방미터, 즉 10평이 채 되지 않는다. 방 하나에 주방, 화장실이 전부인 매우 소박한 이 집은 막스 플랑크 연구소에서 관리하는 아파트로 방문 학자에게 제공하는 공간이다. 독일에서는 외국인이 아파트를 빌리기가 쉽지 않은데 다행히 연구소의 도움 덕분에 조금 수월하게 빌릴 수 있었다. 그렇다고 공짜는 아니다. 수도세와 전기세 등이 포함된 월세를 내며 살고 있다.

　처음 독일에 왔을 때부터 가져온 짐이라고는 여행용 트렁크가 전부였으니, 작은 집에 불만이 없다. 집도 작고 짐도 적은 덕분에 청소 하기가 쉬워 더 좋다. 어떻게 보면 우리에게 딱 맞는 집인 셈이다.

뮌헨에는 오래된 건물이 많고 내가 살고 있는 이 아파트도 마찬가지다. 한번은 독일로 이민을 와서 40년 넘게 살고 있는 태권도 사범님께서 우리 집에 오셨다. 그때 그분이 우리 집을 한번 둘러보시고는 40년 전에 처음 독일에 도착해 살았던 집과 비슷하다고 하셨다. 사범님은 독일에 태권도를 전파한다는 사명감으로 이곳에 오셨다고 한다. 어릴 때 배웠던 독일인 제자들이 자기 아이들에게 태권도를 배우게 하려고 데리고 올 때 보람을 느낀다고 하셨다. 지금은 아드님이 도장의 태권도 사범으로 함께 일하고 있으며, 손자도 가업을 물려받겠다고 열심히 수련 중이다. 마음 따뜻해지는 가족들이다.

아파트 지하에는 코인 세탁기가 있다. 나는 처음 세탁기에 딸린 코인 기계를 보고 깜짝 놀랐다. 무슨 중세 시대에 썼을 법한 자물쇠함 같은 기계였다. 50센트 동전 하나 넣고 쇠 다이얼을 돌리면 툭 떨어지는 소리가 아주 크게 난다. 그 소리를 듣고는 다시 동전 넣는 걸 네 번 반복하면 세탁기에 전원이 들어온다. 박물관이 아닌 아파트에 있다는 것도 놀라운데, 세탁기와 연결되어 아주 잘 작동되는 건 더욱 놀랍다. 아내가 빨래를 넣고 오면, 나는 다 된 빨래를 가져온다.

청소는 아내와 함께 간단히 한다. 로봇 청소기를 하나 쓰고 있는데 이걸 로봇이라고 불러야 하나, 글을 쓰면서도 고

아파트 지하에 있는 공용 세탁실의 코인 기계와 세탁기.

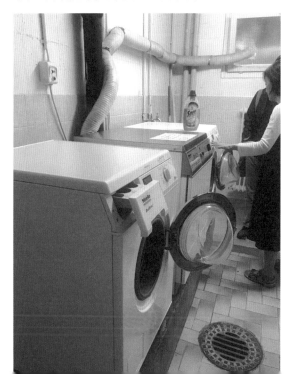

민이 된다. 청소기 이름은 '바이레다 바이로비'다. 독일의 로봇 청소기인데 값이 저렴한 편이라 한국에서도 잘 알려져 있는 것 같다. 이름을 들어본 분들은 알겠지만, 이 녀석은 먼지를 빨아들이는 게 아니라 '달고' 다닌다. 바닥에 미리 붙여둔 부직포에 먼지가 붙는 원리다. 독일 마트에서 우리 돈으로 3만 원 정도 주고 샀는데, 청소를 잘해서 기특하다기보다 자주 돌아다녀서 심심하지 않아 좋다.

뮌헨에서 내가 살던 집. 막스 플랑크 연구소에서 방문 학자에게 제공하는 작은 공간이다.

무엇보다 이 집이 마음에 드는 건 기찻길 바로 옆에 위치해 있다는 것이다. 아침마다 지저귀는 새소리도 좋고, 창밖으로 들리는 기차 소리도 좋다. 물론 때에 따라서는 시끄럽기도 하지만. 항상 대중교통을 이용하는 나는 기차역 지하에서 전철을 타고 한 번에 연구소로 갈 수 있다. 집에서 나와 20~30분 정도면 연구소에 도착한다. 1년 정기권을 샀고 그것으로 버스와 트램, 지하철, 지상철을 전부 탈 수 있다. 1년 정기권의 금액은 두 달 치를 깎아준 750유로, 우리 돈으로 약 100만 원이다. 한 달에 8만 원 정도로 편하고 자유롭게 이동하고 있다.

창밖을 내다보면 기차 철로가 바로 보이지만, 기차역은 남쪽으로 조금 떨어져 있다. 역까지 가기 위해서는 아파트 단지를 둘러싼 작은 공원을 지나가는데 그곳도 참 좋다. 항상 아이들과 가족들이 오가는 곳이라 활기가 넘친다. 아침 달리기를 마친 다음 출근길에 그 공원을 지나다 보면 유치원 선생님들과 아이들로 붐빌 때가 많다. 안전상의 이유로 노란색 형광 조끼를 입고 지나가는 아이들을 볼 때면 나도 모르게 미소가 절로 지어진다. 아주 추운 겨울에 눈이 온 날에도 야외 활동을 쉬지 않는 아이들을 보며 이곳 사람들은 아이들을 참 건강하게 키운다는 생각도 들었다.

그 작은 공원을 가로 질러 조금만 걸어가면 재활용품 수

거함이 나온다. 빨래를 수거하는 것과 마찬가지로 재활용품을 버리는 것도 내 담당이다. 재활용품을 들고 나와 분리한 다음 전철을 타러 가는 게 나의 출근 전 일상이다.

독일의 아파트에서 불편함 없이 살기 위한 팁이 있다면 집을 나가기 전에 열쇠를 반드시 챙겨야 한다는 것이다. 문을 닫으면 저절로 잠기기 때문에, 깜빡하고 열쇠를 잊었다간 여간 곤란해지는 게 아니다. 이 집에 산 지 얼마 안 되었을 무렵, 아내와 아침 일찍 달리기를 하기 위해 집을 나섰다가 열쇠를 집에 놓고 나온 적이 있었다. 지하 세탁실의 동전 투입구와 마찬가지로 열쇠도 중세 시대에 사용했던 것처럼 둔하게 생겼다. 열쇠 수리공을 불러 문을 열 수 있지만 아주 많은 돈을 주어야 한다. 여분의 열쇠를 복사하면 되겠지 하는 생각은 어림도 없다. 독일에서는 열쇠 복사 규제가 아주 심해서 증명서 등을 갖춰야 하는 등 보통 힘든 일이 아니라고 한다.

다행히 우리가 열쇠를 두고 나온 날은 상당히 운이 좋은 편이었다. 마침 막스 플랑크 연구소 사람들이 집에 와서 뭘 고쳐주기로 한 날이었기 때문이다. 이미 열쇠를 두고 나온 이상 그 사람들이 올 때까지는 꼼짝없이 집 밖에 있어야 했다. 어차피 달리기를 하기로 나선 길이었으니, 평소처럼 뛰는 수밖에 없었다. 달리기를 마치고 사람들이 올 때까지 땀범벅인 채로 집 앞 계단에 앉아서 기다렸다.

오전 10시쯤 연구소에서 나온 관리자가 집으로 왔다. 그들이 가진 마스터키로 다행히 우리는 문을 열고 집에 들어갈 수 있었지만 수리를 하는 동안 자리를 비켜주어야 해서 바로 씻을 수가 없었다. 서둘러 갈아입을 옷과 책을 챙겨 집 근처에 있는 카페로 피신했다. 한 잔에 1.50유로로 하는 커피를 두 잔 시키고 주인에게 양해를 구한 뒤 화장실에서 겨우 옷을 갈아입었다.

집수리가 끝날 때까지 카페에 있다 보니 자연스럽게 벽면에 걸린 사진을 구경하게 되었다. 프랜차이즈가 아닌 동네 카페여서 주인의 소중한 순간들이 담긴 사진을 꽤 볼 수 있었는데, 거기에는 주인과 비슷하게 생긴 젊은 피겨 스케이팅 선수의 사진이 있었다. 본인이 젊었을 때의 사진인지를 묻자 딸의 사진이라는 대답이 돌아왔다. 언젠가 선수 생활을 마친 딸이 집안 대대로 운영해온 카페의 주인이 되지 않을까 상상해봤다. 그렇게 그곳은 우리 부부의 단골집이 되었다. 그리고 열쇠를 절대 잊지 않는 습관은 덤으로 생겼다.

그 밖에도 아침 7시에 문을 여는 집 앞 슈퍼마켓도, 좋은 냄새가 나는 동네 빵집도 소중한 단골집들이다. 그리고 무엇보다 중요한 곳은 문방구다. 아마존 등의 인터넷 사이트에서 물건을 주문한 택배를 맡아주는 곳이기 때문이다. 독일에는 어디 짐을 놓아둘 공간이 거의 없다. 아파트 단지 전체를 관리하는 사람hausmeister도 한 명뿐이라 한국처럼 택배를 맡아주는 시스템을 찾아볼 수가 없다. 대신에 집 근처 문방구에서 그 역할을 해주는데, 주문할 때 문방구로 배달시킨 다음에 여권을 들고 소포를 찾으러 가면 된다.

내가 생활하는 독일 집과 집 근처의 풍경들은 대체로 이렇게 아기자기하고 평온하다. 세탁기나 열쇠 등 어떤 점에서는 불편을 느낄 수 있는 옛날 방식도 있지만, 나는 이러한 일상에 진심으로 감사하고 만족한다. 거기에다 그 무엇과도 바꿀 수 없는 '베스트파크Westpark'가 바로 집 근처에 있는 것은 금상첨화다. 아름답다는 말로는 부족한 베스트파크를 뛸 수 있는 일상 덕분에 달리기를 계속할 수 있었고, 풀코스 마라톤 도전까지 성공할 수 있었다고 생각한다.

어쩌면 우리 주변에는 열심히 찾으면 항상 소중한 공간이 존재하는지도 모르겠다. 나는 한국에 있을 때는 중랑천을 달렸고, 처가에 가서도 여수 앞바다를 뛰었고, 가족 휴가 중에는 숙소 근처를 뛰었다. 집 근처에 달릴 수 있는 공간만 있다면 나는 그 어느 곳이라도 사랑할 준비가 되어 있다.

1 집에서 창밖을 내다보면 보이는 기차 철로. 가끔은 시끄럽기도 하지만 창밖으로 들리는 기차 소리도 좋다. 십자가가 보이는 첨탑 건물은 성당이다. 2 집 근처 소중한 단골집들. 왼쪽부터 빵집, 카페, 문방구가 있다.

집에서 남쪽으로 조금 떨어져 있는 기차역까지 가기 위해서는 아파트 단지를 둘러싼 작은 공원을 지난다. 작은 공원 안에는 아이들이 뛰어놀 수 있는 놀이터가 있다. 공원을 가로 질러 조금만 걸어가면 재활용품 수거함이 나온다.

일주일 50킬로미터,
한 달 200킬로미터

한국에 있을 때도 달리기를 종종 하긴 했다. 하지만 중
랑천을 달릴 때는 일주일에 몇 번 못 달렸다. 일주일에 한
번, 보통 두세 번 뛰면 많이 달린 편이었다. 거리도 5킬로미
터가 고작이었다. 상황이 여의치 않았음에도 달리고 싶은
마음은 있어서 미세먼지 측정 어플리케이션(앱)의 AQIAir
Quality Index가 100 이하 정도면 달렸고, 한여름에는 기온이
본격적으로 오르기 전인 새벽이나 늦은 밤에도 달려봤다.
달린 거리가 늘어나면서 여름보다 겨울에 뛰는 게 더 낫다
는 것도 알게 되었다. 추울 때는 옷을 껴입고 달리다가 하나
씩 벗으면 되니 덥기만 한 여름보다 훨씬 낫다.

독일에 와서야 비로소 규칙적으로 일주일에 네 번을 뛰

게 되었다. 일이 많아 바쁜 가운데서도 짬을 내어 보통 월요일에는 30분, 화요일에는 1시간에서 1시간 30분, 수요일은 쉬고, 목요일에는 다시 1시간에서 1시간 30분, 토요일에는 시간 여유가 있으니 2시간에서 2시간 30분을 뛴다. 그리고 일요일은 쉰다.

한 주의 달리기 스케줄을 어지간해서는 지키려고 노력하지만 아침 일정이 있거나 멀리 여행을 가는 등 상황이 여의치 않으면 되는 대로 뛰기도 한다. 아침이 안 되면 밤에 뛰고 월요일이 안 되면 화, 수, 목요일을 연달아 뛰는 식이다. 토요일이 안 되면 일요일이라도 뛴다.

연습하며 달리는 속도는 비교적 천천히 뛰는 편이다. 1킬로미터에 5분에서 6분 30초 정도를 뛴다. 나는 빨리 달리는 것에 욕심내지 않고 기록에 집착하지 않는다. 그저 어제보다 조금 더 나은 러너, 더 나은 사람이 되고 싶을 뿐이다.

이렇게 달리기 훈련이 쌓이면서 하프 마라톤은 따로 연습을 안 해도 바로 참가할 수 있는 수준이 된 것 같다. 누가 뭐라 해도 이제는 달리기가 정말 중요하고 소중한 내 일상의 한 부분이 되었다. 지금 마음 같아선 한국에 돌아간 뒤에도 아무리 힘들고 바쁘더라도 달리기 생활을 꼭 유지하고 싶다.

내가 꾸준히 달리는 러너가 될 수 있던 공은 집 앞에 자리한 베스트파크에게 돌리고 싶다. 마음껏 달릴 수 있는 아름다운 공원 베스트파크 덕분에 나는 진정한 러너가 된 것 같다.

베스트파크는 동부와 서부로 나뉜다. 쉽게 말해 2개의 큰 공원을 연결한 구조다. 중간에 도로로 연결되어 있고, 그 공원 한 바퀴를 돌면 5킬로미터 정도가 된다. 그런데 그 길이 그냥 단순한 공원이 아니고 굉장히 아름답다. 베스트파크는 1983년에 지어진 대규모 도시 공공 정원으로 같은 해에 세계 정원 박람회가 열린 덕분에 아름다운 풍경을 아직도 감상할 수 있다. 그 당시 23개의 국가 정원 중 지금은 중국, 일본, 네팔, 태국, 이렇게 4개의 정원만이 남아 있다. 독일에서 느끼는 동양 정원의 풍경 속을 달리는 셈이다. 예쁜 호수도 있고, 그곳에 살고 있는 거위와 토끼도 쉽게 볼 수 있다.

2018년 가을부터 겨울, 2019년 봄, 여름을 지나며 관찰해보니, 뮌헨 시민들이 베스트파크를 어떻게 즐기는지 잘 알 수 있게 되었다. 일단 공원에는 사람들이 늘 많다. 도심 공원이지만 숲길이 나 있고 나무가 울창하며 호수와 풀밭도 잘 정비되어 있다. 그 덕분에 누구나 공원에서 즐겁게 뛸 수 있다. 유모차를 끌고 아이들과 함께 달리는 부모들도 많고, 자신만의 속도로 달리는 어르신들도 많다. 숲길과 공원이 공존하는 덕분에 평평하고 넓은 길을 달리는 사람도 있고, 숲 안쪽으로 들어가 촘촘한 숲길을 뛰는 사람도 있다.

겨울에 눈이라도 쌓이면 집집마다 눈썰매를 가지고 나와 경사진 곳을 찾아 타고 내려온다. 유명한 맥주 정원도 몇 군데가 있는데 봄이 되면 그곳에서 삼삼오오 모여 맥주도 마신다. 그리고 6월이 되면 장미 정원 로젠가르텐Rosengarten은 장관을 이룬다. 500여 종의 장미가 2만 송이 이상의 규모로 피어 그 주위를 지날 때면 탄성이 절로 나온다. 장미만 있는 것도 아니다. 이름 모를 들꽃도 장미에 버금가게 아름답다. 공원 끝 쪽에는 1년 내내 꽃을 볼 수 있는 공간이 있다. 조그마한 하얀 꽃, 다양한 색의 꽃들이 얼마나 아름다운지 모른다. 그리고 여름이 되면 사람들은 너나 할 것 없이 풀밭에 누워 일광욕을 즐긴다. 그냥 누워만 있는데도 공원에 활기가 돈다.

이러한 풍경 속에서 달리기를 하면 달리기에만 집중하지 않을 수 있어서 더 좋다. 사시사철 바뀌는 모습들에 시선을 빼앗기는 것인데도 더욱 기분 좋게, 더욱 알차고 풍요롭게 달리기를 하는 느낌이다. 어떤 때는 못 보던 독일어 표지판에 시선이 꽂힐 때도 있는데, 잘 기억해 두었다가 나중에 찾아보면 절대 잊히지 않는 독일어 공부가 되기도 한다.

베스트파크에서 내가 항상 뛰던 길.

공원이 달리기를 하는 데 도움이 되긴 하지만 무엇보다 나를 계속 달리게 하는 동력은 바로 아내다. 아마 아내에게도 내가 달리기의 원동력이 되지 않을까 싶은데, 그건 바로 달리기가 팀 스포츠이기 때문이다. 아침에 달리기를 하기 위해 일찍 일어나는 건 너무 힘들다. 비몽사몽한 아침에 좀 더 자는 늦잠이 얼마나 달콤한지 모르는 사람이 어디 있겠는가? 그럼에도 아침에 일어나 달리기를 하는 건 아내와 함께 뛸 수 있어서라고 생각한다. 둘 중 한 사람이 조금 귀찮아하거나 힘들어해도 다른 한 사람이 움직이는 덕분에 자리에서 일어날 수 있다.

우리는 아침에 일어나자마자 커피를 마시는 것으로 하루를 시작한다. 한국에 있을 때도 그랬지만 물을 끓이고 커피를 만드는 건 항상 내 담당이다. 커피를 마시자마자 세수도 안 한 상태로 옷을 입고 모자를 쓴다. 어차피 뛰고 와서 씻을 텐데 세수가 다 무슨 소용인가? 그렇게 비교적 규칙적인 달리기 루틴을 만드니 제법 응원을 받는 시선들을 만날 수가 있다.

우리 부부가 달리기를 하러 나갈 때면 아파트 관리인 아저씨가 청소를 하는데, 인사를 주고받는 것에서도 팀 스포츠가 시작되는 기분이다. 아침 일찍부터 문을 여는 단골 빵집, 슈퍼마켓, 문방구 등에서도 아침마다 달리기를 하는 우리를 알아본다. 그 시간이면 출근하는 사람들, 하루를 산책으로 시작하는 어르신들이 보기 드문 동양인 부부의 꾸준한 달리기를 애정 어린 시선으로 바라봐주는 것만 같다.

　보통은 달리기를 혼자 하는 개인 스포츠라고 생각하기 쉬운데 절대 그렇지 않다. 달리기의 라이프스타일을 가족이 이해해줄 때 꾸준한 달리기가 가능해진다. 한 팀이라는 건 같이 달리기를 한다는 의미에서만 그치는 게 아니다. 달리기로 인한 삶의 습관을 바꾸는 것이기에 가족과 친구가 이해해주고 격려해주지 않으면 지속하기가 어렵다. 또한 우리 부부를 지켜봐주는 동네 사람들도 내가 생각하는 팀 스포츠의 일원이기도 하다.

　게다가 마라톤 대회를 생각해보라. 마라톤 대회는 자원봉사자 등의 팀 없는 치르기가 힘든 운동 대회다. 참가 번호표를 나눠주는 것부터 코스마다 있는 급수대 운영까지 사람들의 손이 참 많이 간다. 또한 도시와 시민 전체가 동참해야 도로 통제 등을 통해 마라톤 코스를 만들 수 있고, 만약의 사태를 위해 소방서나 응급실에서도 지원을 나온다. 대회 당일에는 러너들을 응원하는 시민들까지 모두가 팀 스포츠의 일원이다. 다만 아무리 팀 스포츠라 하더라도 아내와 내가 내내 함께 달리는 건 절대 아니다. 우리는 각자 자기의 속도대로 달린다. 서울에서도 그랬다. 중랑천은 일직선 코스여서 같이 출발해도 내가 앞서 달리는 모양새였다. 의정부를 지나 다시 돌아오면 달려오고 있는 아내와 만나곤 했다. 언젠가 아내는 인터뷰에서 이렇게 말했다. 같이 뛰다 보면 내가 보이지 않다가 반환점을 돌고 나타난 나를 만나는 지점이 본인의 반환점이라고. 당장 보이지 않아도 시간이 지나면 꼭 다시 만날 거라는 믿음으로 뛴다고 했는데, 가슴이 뭉클했다. 베스트파크는 공원 주변을 따라 타원형 모양으로 만들어진 코스여서 자주 만나게 된다. 30분에 한 번씩 마주치는 것 같다. 그때마다 서로 하이파이브도 하고, 몇 분만 더 뛰면 된다고 이야기도 주고받으며 힘내라는 응원을 아끼지 않는다. 그렇게 각자 달리기도 하지만 함께 달리기도 하는 것이다.

베스트파크에는 우리 부부 외에도 달리기를 하는 사람들이 정말 많다. 혼자서 뛰는 사람도 있고, 여러 명이 팀으로 달리는 경우도 많다. 어떤 면에서 보자면 같은 시간 같은 공간에서 뛰는 모든 사람이 팀 스포츠를 하고 있는 게 아닐까 싶기도 하다. 아내와는 미리 몇 시까지 뛸 것인지 약속을 해놓고 달리기를 시작한 지점에서 만나 집으로 돌아온다. 매일같이 팀 스포츠를 따로 또 같이 하며 생각한다. 베스트파크 덕분에 수많은 달리기 동지들과 함께 하루를 시작할 수 있어 감사하다고 말이다.

베스트파크의 봄과 겨울의 모습. 푸릇푸릇한 봄과 앙상한 겨울의 모습이 상반된다.
이곳에서 사계절을 보내는 동안 나는 진정한 러너로 성장할 수 있었다.

베스트파크에는 유명한 맥주 정원도 몇 군데가 있는데 봄이 되면 그곳에서 삼삼오오 모여 맥주도 마신다. 그리고 6월이 되면 로젠가르텐은 장관을 이룬다. 500여 종의 장미가 2만 송이 이상의 규모로 피어 그 주위를 지날 때면 탄성이 절로 나온다.

베스트파크에 남아 있는 4개의 국립 정원 중 태국 정원의 모습. 공원에는 거위와 오리 등 여러 동물이 살고 있다. 거위들은 사람들을 전혀 무서워하지 않고 어디든 자유롭게 돌아다닌다.

공원에는 누가 심지 않았는데도 이름 모를 아름다운 꽃들이 피어난다.

1킬로미터 뒤에
무슨 일이 일어날지 모르지만

독일의 정신분석학자이자 철학자인 에리히 프롬은 "사람은 두 가지의 방식으로 존재한다"고 말했다. 하나는 '해빙의 방식having mode of existence', 또 하나는 '비잉의 방식being mode of existence'이다.

해브have는 말 그대로 무엇을 갖는 것이다. 뭐든지 소유하려는 욕구가 강한 사람을 생각하면 된다. 돈도 잘 쓰지 않으면서 돈 버는 데에만 몰두하거나 이미 백만장자임에도 더 많은 돈을 가지려고 혈안인 경우다. 권력이나 수집품 등도 그들에게는 소유의 대상이 된다. 그러한 소유에서 인생의 의미를 찾고 행복을 느끼려고 한다.

비잉being은 존재 자체를 의미한다. 어떤 물건의 소유로 삶의 의미를 검증하려 하기보단 무엇이든 경험을 해보려고 시도하는 사람이다. 그 경험이 모두 좋은 결과만 가져오는 것은 아니겠지만, 어쨌든 수많은 경험을 통해 삶의 폭을 넓히고 스스로를 발전시키려는 욕구가 강한 경우가 여기에 해당한다.

나는 둘 중 어디에 속하는 걸까 생각해보니 다양한 경험에 도전하는 비잉 오리엔테이션의 사람이 아닌가 싶다. 지난날에 경험했던 것들은 과거일 뿐, 이제껏 해보지 못한 일들을 새롭게 경험해보는 것이 삶의 활력을 주고 기쁨을 깨우쳐준다고 생각하기 때문이다. 특히 여러 경험 중에서도 새롭게 도전한 달리기는 경험하면 할수록 내 존재의 의미를 더욱 확실히 발견하게 되는 것 같다. 끝까지 완주할 수 있을지 없을지는 모르지만 성공 여부를 생각하지 않은 채 일단 뛰어야 한다는 점에서도 그렇다. 나는 그저 내 몸을 매일같이 움직이며 달리기와 깨달음의 경험을 차곡차곡 쌓고 있는 중이다.

처음부터 실패할 거라 생각하고 새해 결심을 하는 사람은 없듯이, 달리기도 완주 실패를 생각하고 출발선에 서는 것은 아니다. 하지만 달리기의 결말을 미리 알고 뛰기 시작하는 러너는 거의 없다. 5킬로미터나 10킬로미터까지는 어느 정도 짐작할 수는 있지만, 하프 마라톤부터는 1킬로미터 뒤의 상황을 전혀 알 수가 없다. 1킬로미터 뒤라고 하면 아주 가까운 미래처럼 들리겠지만, 20킬로미터나 40킬로미터 정도를 달리게 되면 바로 조금 뒤에 어떤 일이 벌어질지 아무도 모른다.

처음 뛰기 시작할 땐 컨디션이 좋게 느껴진다. 기분도 상쾌하고 몸도 가뿐하다. 통증이 느껴지는 부위도 없다. 이 정도 컨디션이라면 결승 지점까지 아무런 문제가 없을 것만 같다. 어쩌면 가장 좋은 기록을 낼 수 있을 거란 기대가 생기기도 한다. 그러나 그렇게 쭉 달리다가 갑자기 어느 순간 다리가 아프기 시작하고, 특정 부위가 마구 쑤시기도 한다. 마라톤의 결말을 알 수 없게 만드는 상황들이다. 더욱 신기한 것은 '이렇게 힘든데 내가 과연 끝까지 뛸 수 있을까?' 하는 걱정이 잠잠해지는 순간도 온다는 점이다. 죽을 것처럼 힘들었다가 또 어느 정도 참을 수 있을 정도로 고통이 완화되기도 한다. 계속 멀쩡하지도, 그렇다고 계속 힘들지도 않다. 그러니 어떻게 1킬로미터 뒤의 상황을 짐작할 수 있겠는가?

날씨도 마찬가지다. 실내 헬스장이 아닌, 항상 야외에서 달리기를 하는 나는 다양한 날씨를 자주 경험했다. 하늘이 맑아 보여서 뛰기 시작했는데 갑자기 비가 쏟아질 때도 있고, 바람이 심하게 불 때도 있다. 따뜻하기만 한 줄 알았는데 갑자기 쌀쌀해지기도 하고, 몸이 아플 만큼 심한 우박을 맞아보기도 했다. 날씨에 따라 기능성 운동복을 입거나 방수 운동화를 신어보기도 하지만 그렇다고 1킬로미터 뒤를 예측할 수 있는 건 아니다.

그러니 어떻게 달리기의 결말을 예상하고 출발선에 서겠는가? 나는 그저 겸손한 마음으로 한 발 한 발 앞으로 나아갈 뿐이다. 가장 확실히 말할 수 있는 한 가지는 내가 지금 달리고 있다는 사실, 그 이상도 이하도 아니다. 1킬로미터 뒤도 알 수 없는 이 불확실한 달리기를 계속하는 이유는 아마도 내가 다양한 경험을 좋아하는 비잉 오리엔테이션의 사람이기 때문일 것이다.

또한 나는 설령 실패하더라도 시도한 것을 후회하지 않는 타입이다. 시도하지 않으면 아무것도 배우거나 경험할 수 없으며 아무것도 바꾸거나 이룰 수 없기 때문이다. 완주하지 못해도 괜찮다. 어떤 상황에서 완주하지 못했는지에 대한 소중한 경험을 얻을 수만 있다면 그 또한 충분히 의미가 있는 것이다. 내가 할 수 있는 것은 매 순간 최선을 다하는 것뿐이다. 그래야 성공이든 실패든 결과를 받아들일 때 후회하지 않는다고 믿는다.

캘리포니아 동쪽의 데스 밸리는 세계에서 가장 더운 곳 중 하나다. 이날 기온은 무려 40도가 넘었다.

적극적으로 몸을 쓰면 쓸수록, 다양한 경험을 하면 할수록 인생이 무엇인지 생각해보게 된다. 어떤 결말이 펼쳐질지 모르지만 당장 1킬로미터 뒤의 상황을 알 수 없는 마라톤에 계속 도전하는 것처럼, 어떤 결과를 가져올지 모르는 도전이지만 매 순간 충실한 인생을 사는 게 참 닮은꼴 같다. 어쨌든 지금은 알 수 없는 이야기들을 다양한 경험을 통해서 마주해야 하는 게 삶이라면 나는 계속 용기를 내어 출발선에 설 것이다.

달리기도 인생도 매 순간 긴장되고 낯선 경험일지라도 계속 도전하겠다고 자신 있게 말할 수 있는 이유는, 딱 하나다. 누가 대신해주거나 도와줄 수 있는 문제가 아니기 때문이다. 오직 나의 의지와 나의 두 다리가 나를 어느 곳으로든 데려다줄 것이다. 그렇기에 내가 원하는 순간까지 나는 계속 도전하고 경험하는 일들을 반복할 것 같다.

소설가 무라카미 하루키도 『달리기를 말할 때 내가 하고 싶은 이야기』라는 책을 통해 이와 비슷한 말을 했다. 러너에게 중요한 것은 하나하나의 결승점을 내 다리로 확실하게 완주해가는 것이며, 혼신의 힘을 다하고 참을 수 있는 한 참았다고 스스로 납득할 수 있는 것에 중요한 의미를 둔다고 말이다.

나도 그렇다. 1킬로미터 뒤에 무슨 일이 벌어질지 모른다는 것은 불안하고 두려운 일이다. 중간에 넘어질 수도 있고 끝까지 다다르지 못할 수도 있으니까. 하지만 그럼에도, 아니 그렇기에 용기를 내어 시도를 해봐야 한다고 생각한다. 시도조차 하지 않으면 실패인지 성공인지도 알 수 없을 것 아닌가. 실패든 성공이든 무라카미 하루키의 말처럼 스스로 납득할 수 있으면 그걸로 충분하다. 또한 달리면서 배우는 삶의 교훈 덕분에 실천할 수 있는 것이라 생각한다.

생각해보면 매 순간 출발선에 선다는 건 굉장한 용기가 필요하다. 어쩌면 달리기는 용기가 많이 필요한 운동인지도 모르겠다. 달리기를 통해 용기를 확실히 배운 덕분일까, 나는 앞으로도 계속 비잉 오리엔테이션의 인간으로 살아갈 수 있을 것 같다는 생각을 해본다.

돌로미티에서 저 멀리 로젠가르텐을 바라보며. 풀코스 마라톤 도전과 함께 또 하나의 버킷리스트는 이탈리아 북부의 돌로미티 등반이었다. 돌로미티 등반을 떠났을 때 인간이 자연 앞에서 얼마나 작은 존재인지 새삼 깨달았다.

독일에서 달리기를 하며
만난 사람들

"살아간다는 것은 다른 수많은 일 중에서 어떤 하나의 일을 한다는 것을 뜻한다." 스페인의 철학자 호세 오르테가 이가세트가 한 말이다. 지금의 나에게는 '그 어떤 하나의 일'이 달리기다. 바쁜 일상 속에서도 규칙적으로 달리기 훈련을 하고, 마라톤 대회에 나가 나의 한계에 도전해본다. 그러다 보니 자연스럽게 달리기라는 공통의 관심사로 엮인 사람들도 만나게 된다. 때로는 내가 달리기의 세계로 사람들을 건너오게 하는 역할을 알게 모르게 하고 있는 것도 같다.

독일 뮌헨에 살면서 만난 친구 중에 벤처 기업가 요아킴이 있다. 현금 관리 소프트웨어 회사를 창업한 요아킴은 현금 인출기나 지점에 적정한 양의 현금이 유지될 수 있도록 관리해주는 소프트웨어를 만들었다. 현금 인출기에 돈이 너무 적으면 고객이 불편하고, 반대로 돈이 너무 많으면 은행의 기회비용이 날아가버리기에 적정 금액을 유지하도록 관리하는 것이 정말 중요하다. 슈퍼마켓에서 상품의 재고 관리를 하는 것처럼 현금도 재고 관리가 필요한데, 그가 만든 소프트웨어가 바로 은행 지점들과 수많은 현금 인출기의 재고 관리를 하는 셈이다.

50대 초반의 요아킴은 나를 만난 후 달리기를 시작했다. 원래는 산악자전거를 타던 사람이었지만, 이제는 우리 부부와 함께 달리기 대회에도 출전한다. 내가 살고 있는 동네에서 열린 달리기 대회, 뮌헨 베스트파크라우프München Westparklauf에 요아킴 부부가 우리 부부와 같이 참가했다. 베스트파크에서 열리는 달리기 대회이니 아내와 내가 빠질 수 없었다.

작은 대회여서 5킬로미터와 10킬로미터의 두 종류밖에 없었다. 평소 달리기를 해온 우리 부부는 10킬로미터를, 대회 첫 출전인 요아킴 부부는 5킬로미터를 뛰었다. 때마침 달리기 대회가 있던 날은 아내의 생일이기도 했다. 요아킴 부부가 먼저 들어오고 내가 그다음으로 들어와서 함께 아내를 기다리다가 지나가는 말로 오늘이 아내 생일이라고 말했다. 그랬더니 요아킴이 사회자에게 그 이야기를 전하는 게 아닌가. 달리기 대회에는 사회자가 있는데 출발할 때 분위기를 띄우기 위해 농담도 하고, 결승 지점에 들어오는 사람들에게 수고했다는 말을 하기도 한다. 요아킴의 이야기를 들은 사회자는 아내가 들어올 때 생일 축하 노래를 불러주었고, 주위에 있던 사람들도 함께 노래를 불러주며 아내의 생일을 축하해주었다. 그렇게 아내는 많은 사람에게 생일 축하를 받으며 잊지 못할 생일날을 보냈다.

내가 뮌헨에서 만난 또 다른 벤처 기업가는 다비드다. 다비드는 공유 경제 개념을 전문가의 재능에 적용한 회사에서 일한다. 차량을 공유하는 우버나 집을 공유하는 에어비앤비처럼 IT 전문가들도 자신의 전문성을 공유하는 것이다. 해당 전문가는 한 회사에 소속되는 것이 아니라, 흥미 있는 프로젝트를 골라 참여하는 방식으로 일한다. 그 회사는 전문가와 프로젝트를 연결시켜주는 일을 하는 것이다. 30대 초반의 다비드는 이미 하프 마라톤을 달리는 사람이었는데, 나를 만난 뒤에는 풀코스 마라톤을 뛰겠다며 베를린 마라톤을 신청하고 연습을 하고 있다.

나를 만난 뒤 달리기에 동참하는 사람들이 늘고 있으니 어느새 나도 모르게 달리기 전도사가 된 기분이다. 독일 사람들도 있고, 뮌헨에 있는 한인 교포들도 있다. 독일의 다른 도시들은 광부나 간호사로 이민 온 분들이 꽤 계시지만, 뮌헨에 사는 한인은 얼마 안 된다. 뮌헨은 독일에서 두 번째로 큰 도시인데도 1,000명도 안 되는 한인이 산다고 한다. 절반의 유학생을 제외하면 정말 얼마 되지 않는 숫자다.

이 얼마 안 되는 분들과 교류를 하며 달리기 이야기를 하다 보니 자연스럽게 마라톤 대회에 참여하는 3, 40대 직장인들도 생기게 되었다. 한인 직장인들을 위한 등산 동우회를 만든 한 건축가는 몇 번 뮌헨 근교의 산을 함께 올라가면서 내 이야기를 듣고는 마라톤에 관심을 가지기 시작했고, 그전에는 한 번도 뛰어본 적이 없었는데 이제는 뮌헨 마라톤에 참가하기 위해 연습을 하고 있는 중이다. 그 구심점이 달리기라서 참 놀랍다.

한번 달리기를 해본 사람은 달리기의 매력과 전염성에 빠질 수밖에 없는 것 같다. 그렇기에 나이가 들어서도 오랫동안 달리기를 계속하는 사람도 생각보다 쉽게 만나게 된다. 신발 할인 매장에서 만난 독일인 할아버지가 그랬다. 아내와 달리기를 시작하고 얼마 되지 않았을 때 이상하게 아내 발에 자꾸 문제가 생겼다. 조금만 달려도 물집이 생기고 발톱이 까맣게 변하면서 몇 번이나 빠지는 게 아닌가. 알고 보니 그 이유는 '발에 맞지 않은 신발' 때문이었다.

아내의 생일, 집 근처 공원 베스트파크에서 열린 달리기 대회 '뮌헨 베스트파크라우프'.

달리기에 적합한 운동화는 발에 딱 맞는 사이즈가 아니라 원래 신는 것보다 한 사이즈, 10밀리미터 정도 큰 것이다. 달리면서 발이 붓기 때문에 처음부터 딱 맞는 운동화는 발을 불편하게 만든다. 뒤늦게 그 사실을 알고 신발을 사러 할인 매장에 갔다. 그리고 그곳에서 매년 마라톤 대회에 출전하신다는 할아버지를 만났다.

뮌헨에 사는 동양인이 많지 않은데 신발을 사러 오는 동네 사람이 신기했는지 할아버지는 우리 부부에게 이것저것 물어보셨다. 자연스럽게 대화가 오가며 자신의 이야기도 스스럼없이 하셨는데 신발 가게에서 일하는 이유가 마라톤 때문이라는 것이었다. 할아버지는 꼬박꼬박 월급을 모아 하와이에서 열리는 호놀룰루 마라톤Honolulu Marathon에 매년 참가하신다고 한다. 1973년에 처음 시작된 호놀룰루 마라톤은 하와이 호놀룰루에서 매년 12월에 개최되는 유명한 대회다. 독특하게 제한 시간이 없어 하루 종일 걸어 결승선을 통과하는 사람까지 있을 정도라고 한다. 자신의 달리기 라이프를 말하는 그의 얼굴에서 진심으로 행복해하는 사람의 표정을 볼 수 있었다. 달리기가 너무 좋은 나머지 달리기를 하려는 사람들에게 도움을 줄 수 있는 직업이 그를 행복하게 만드는 것 같았다.

실제로 그분이 추천해준 운동화는 너무 좋았다. 굳이 비싼 신발을 살 필요가 없다면서 발에 맞는 제품들 중 세일하는 것을 골라준 그의 선택이 마음에 쏙 들었다. 합리적이고 실용적이면서 다른 사람을 잘 도와주는 것은 내가 이곳에서 살며 느낀 독일인의 특징이기도 하다.

실제로 독일인은 공동체 정신이 상당히 강하다. 만약 어떤 사람이 어려움을 겪고 있으면 독일 사람들 대부분은 나서서 도와주려 한다. 만약 교통사고가 나면 서로 증인을 해주겠다고 나선다고도 한다. 보통 때는 말을 아끼고 참견도 안 하지만 곤경에 처한 사람에게는 도움이 차고 넘친다. 공동체가 위기에 처한 우리나라의 입장에서 보면 참 부러운 일이 아닐 수 없다.

독일인의 또 다른 특징은 과학적이라는 것이다. 이들은 정확한 근거가 있는 사실을 굉장히 중요하게 여긴다. 사실이 아닌 것을 못 참는다는 말이 더 맞을 수도 있겠다. 독일에서는 허위 사실을 담은 가짜 뉴스 게시물을 방치하는 소셜미디어 기업에 최고 5,000만 유로, 우리 돈으로 약 640억 원의 벌금을 물리는 법안이 지난 2018년부터 시행 중이다. 가짜 뉴스의 폐해를 줄이기 위해 우리도 도입해야 하지 않을까 생각한다.

독일인은 지속가능성에도 굉장히 관심이 높다. 아마

제2차 세계 대전을 겪은 경험 때문이 아닌가 싶은데, 이들은 어떻게 하면 우리 세대가 다음 세대인 아이들에게 폐를 안 끼칠 수 있을지 깊이 고민한다. 주로 포퓰리스트 정치인들이 자행하는 환경 파괴와 국가의 빚은 현 세대가 누리기만 하고 다음 세대에게 책임을 떠넘긴다는 점에서 우리 모두 분노해야 하는 일이다.

그리고 웬만해선 동요하지 않는 차분함도 독일인의 특징이다. 독일에 온 지 얼마 안 됐을 때 공항으로 가기 위해 전철을 탄 적이 있다. 아무리 기다려도 출발을 안 하는 게 이상했다. 갑자기 나온 독일어 안내 방송 뒤에도 사람들이 전부 가만히 앉아 있기에 나도 별일 아니겠지 생각했다. 그런데 시간이 지나도 전철이 출발할 생각을 안 하는 게 아닌가. 더 이상 참지 못하고 옆에 있던 독일 사람에게 조금 전 안내 방송이 무슨 내용이었는지 물어본 나는 그의 이야기를 듣고 놀라지 않을 수 없었다. 기차가 고장이 났는데 어디가 고장 났는지 모르고 언제 고쳐질지도 모르겠다는 기관사의 말이었다는 것이다. 이럴 수가! 한국에서는 있을 수 없는 일인데 다들 차분하게 앉아 있다니, 나는 항의는커녕 조금도 동요하지 않는 독일 사람들을 보며 대단하다고 생각했다.

그런데 이렇게 차분한 독일인도 1년에 딱 두 번은 완전히 다른 모습을 보일 때가 있다. 첫 번째 날은 바로 전 세계 사람들이 알고 있는 독일의 맥주 축제인 옥토버페스트 때다. 내가 사는 뮌헨은 맥주 축제가 열리면 1년 내내 비워두었던 뮌헨 시내의 굉장히 넓은 공터를 행사장으로 쓴다. 옥토버페스트는 세계적으로 유명한 축제이자 뮌헨의 유서 깊은 민속 축제이기도 하다. 민속 축제답게 오직 뮌헨 내에 있는 맥주 회사로만 꾸려지고, 뮌헨 밖에 있는 맥주 공장은 참가하지 못한다.

맥주 축제를 할 때만 쓰이는 공간이 엄청난 인파를 수용할 수 있는 커다란 텐트들로 순식간에 가득 찬다. 부모님을 따라온 아이들을 위한 유원지도 들어선다. 실제로 맥주 축제에 가서 그 넓은 공간에 발 디딜 틈 없이 사람들로 가득한 풍경에 놀랐다. 보통 음식점에서 사용하는 맥주 컵 용량은 500cc인데 여기서는 1,000cc만 판다. 알콜 도수도 평소에 판매하던 것보다 높다. 서로 모르는 사람들과 자유롭게 이야기하는 분위기와 식탁 위에 올라가 1,000cc나 되는 맥주를 한 번에 다 마시는 사람을 응원하는 분위기가 그렇게 신날 수가 없다. 맥주 원 샷에서 실패하면 쏟아지는 야유도 유쾌한 분위기 그 자체다. 늦은 시간의 지하철에서는 고성방가를 볼 수도 있는데, 1년에 딱 한 번인 맥주 축제에서만 볼 수 있는 보기 드문 광경이다.

독일인의 독특한 행동을 볼 수 있는 또 다른 날은 연말 12월 31일에서 새해로 넘어갈 때다. 그날은 유일하게 폭죽을 허용하는 날이다.

그런데 그 폭죽이 가볍고 귀여운 수준이 아니다. 슈퍼마켓에서는 정말 다양한 폭죽을 판다. 셀 수 없이 많은 폭죽이 한날에 터지다 보니 시끄러워서 잠을 못 자는데 그 양이 얼마나 많은지 다음 날 아침 일어나보면 도시 전체의 공기가 뿌옇게 오염되었을 정도다. 1년치 스트레스를 폭죽으로 다 풀었나 싶은 생각이 절로 든다. 독일인은 이렇게 정해진 날 스트레스를 확 쏟아내고 나머지는 차분하고 조용하게 살아가는 것일까?

나는 이렇듯 차분하면서도 배려심 많은 사람들과 뒤섞이며 달리기를 하고 있다. 마음의 상처는 아물고 새로운 인연과 경험 덕분에 삶의 충만함도 느낀다. 그저 뛰기만 했을 뿐인데 삶의 변화가 상당하다. 이 아름다운 변화를 나는 앞으로도 계속 이어나가고 싶다.

평소 출근길인 레지덴츠 궁 안뜰에서 열린 '크리스마스 마켓'과 입구 장식.

12월 31일 한날에 엄청난 양의 폭죽이 터지다 보니 다음 날 아침 도시 전체가 뿌옇다. 오른쪽은 고딕식 건물로 뮌헨의 명소인 '시청' 바로 앞 광장에서 열린 '크리스마스 마켓'의 풍경.

작은 성취가
최고의 하루를 만든다

나는 주로 아침에 달린다. 더 자고 싶은 유혹을 이겨내고, 달리면서도 힘들다고 느껴지는 초반 레이스를 무사히 지나 개운한 마음이 들 때까지 달린 뒤에 본격적으로 나의 하루가 시작된다. 그냥 그렇고 그런 하루가 아니다. 힘든 일을 아침에 해냈다는 성취감과 자신감에 가득 찬 하루다. 하루 종일 좋은 기분으로, 무엇이든 할 수 있다는 마음으로 하루를 시작할 수 있다는 게 달리기가 주는 굉장한 장점이다.

게다가 달리기는 복잡한 머릿속이 싹 비워지는 효과가 있다. 달리기가 이미 힘들기 때문에 다른 생각이 안 나기도 하고, 할 일을 해냈다는 성취감에 다른 복잡한 일들도 해결할 수 있을 것 같은 자신감이 생기는 덕도 있는 것 같다.

원래 사람은 무의식에서 여러 가지 작동을 한다. 그래서 정말 고민이 되는 문제를 계속 물고 늘어져도 답이 나오지 않을 때는 아예 다른 일을 하는 게 좋다. 영화를 보거나 책을 읽거나, 아니면 잠을 자거나 하는 식으로 말이다. 다른 일을 하는 동안에도 무의식은 고민을 계속하고 있기 때문에 문제와 상관없는 소설을 읽다가도 해답을 얻게 되는 경우가 있다. 잠시 다른 세계에 갔다가 돌아왔을 때 많은 부분이 정리되는 것이다. 지금의 나에게는 그 다른 세계가 바로 달리기다. 달리기를 할 때마다 마음의 상처, 후회, 안타까움이 가득했던 시간들과 아름답게 헤어지고 있는 중이다.

그런데 이렇게 좋은 달리기의 가장 큰 문제점은 처음 시작이 힘든 데다 꾸준히 하는 게 더 어렵다는 것이다. 달리기만의 문제라기보다 세상 모든 이치가 다 그런 게 아닐까 싶기도 하지만, 그만큼 꾸준히 하는 것의 힘은 늘 대단하다. 그래서 나는 달리기를 삶의 우선순위로 둔 뒤 꾸준히 실행할 수 있게 해주는 장치들의 도움을 받곤 한다.

우선 나의 꾸준한 달리기 메이트는 달리기용 시계다. 지금은 핏비트Fitbit라는 웨어러블 디바이스를 사용하고 있다. 핏비트를 손목에 차고 달리기만 하면 내가 어느 지역에서 어떤 속도로 얼마나 뛰었는지를 기록해준다. 내가 달린 코스가 지도에 표시되고, 걸음 수와 거리 정보 등이 저장되는 것이다. 내가 천생 이과생이라서 그런지는 몰라도 처음 달리기를 시작하고 나서 한동안 핏비트에 기록된 나의 달리기 데이터를 보는 게 참 재미있었다. 아마 그 덕분에 달리기 라이프의 초반에 힘든 고비를 넘을 수 있었다. 꼭 핏비트일 필요는 없다. 어느 브랜드든 마음에 드는 것을 차고 달리면 많은 도움이 된다.

달리기와 관련한 앱도 효자 노릇을 톡톡히 하고 있다. 스마트폰에 보면 달리기에 도움을 주는 무료 앱이 은근히 많다. 그리고 꽤나 도움이 된다. 초보자용, 5킬로미터, 10킬로미터, 하프 마라톤, 풀코스 마라톤 등 코스 별로 도움을 받을 수 있도록 구분이 되어 있어, 나에게 필요한 앱을 선택하기만 하면 된다. 실제로 나는 하프 마라톤 출전을 앞두고는 앱의 프로그램대로 훈련을 해서 굉장히 큰 도움을 받기도 했다. 지금도 풀코스 마라톤 앱의 도움을 받아 뛰고 있다.

다만 핏비트나 스마트폰 앱의 도움을 받는다고 해서 달리기가 힘들지 않은 것은 아니다. 초보자로서 처음 달리기를 시작할 때는 처음 5~10분이 정말 힘들다. 거리로 치면 보통 1~2킬로미터 사이다. 그 얼마 되지 않은 구간이 그렇게 힘들 수가 없다. 그러나 그것 때문에 포기하기에는 달리기가 주는 성취감과 불필요한 고민을 없애주는 개운함을 느껴볼 새가 없다.

그런 안타까운 일을 겪지 않기 위해서는 처음에는 한 번에 다 달리겠다는 욕심을 버리고 일단 천천히 뛰어보는 게 좋다. 너무 괴로우면 중간 중간 멈춰도 된다. 일단 어떻게든 하루를 달리고 나면 다음 날은 전날보다 조금 편해지거나 조금 더 멀리 달릴 수 있게 된다. 그 사실이 정말 중요하다.

스스로를 조금 더 움직이게 하기 위해서는 어제는 5분을 달렸으니까 오늘은 10분을 달리겠다는 '시간 목표'를 세워보는 것도 좋다. 아니면 '거리 목표'도 상관없다. 각자 자신에게 맞는 방법을 이렇게 저렇게 시도해보면 된다. 그렇게 조금씩 달리는 시간과 거리가 늘어나면 몸도 적응을 하기 시작해 달리기가 예전보다 덜 힘들게 된다. 결국은 시간과 마음가짐의 문제인 셈인데, 그 시간 동안 스스로의 발전을 느끼며 자신감과 성취감을 동시에 느낄 수 있게 된다.

처음부터 큰 대회 출전을 목표로 두기보다 어제보다 나은 오늘이라는 작은 성취small wins의 경험들을 쌓는 게 정말 중요하다. 우리의 인생도 큰 목표만 두다 보면 금방 지치게 되지 않던가. 일단은 작은 무엇이라도 조금씩 이룬 경험들이 있어야 내일을 기대하고, 어제보다 조금이라도 더 노력하게 된다.

그다음 어느 정도 자신감과 성취의 느낌을 쌓은 뒤 대회에 출전하면 좋다. 한동안 멀리했던 장기적인 목표를 설정하는 연습이 되기도 하고, 대회 참가비가 아까워서라도 뛰어야겠다는 기분도 든다. 1년에 한 번씩이든 두 번씩이든 나름의 대회 출전 주기를 원칙처럼 갖는 것도 괜찮다. 대회 완주 메달이 쌓이면서 꾸준히 뛰는 원동력이 될 것이다.

　　힘들다고 포기하고 싶은 순간을 극복할 수 있다면, 달리기를 통해 얻는 삶의 성취감은 언제든 달콤한 향기를 지닌 채 나의 곁으로 와줄 것이다. 그리고 그 성취의 결실들이 모여 우리의 삶을 한층 풍요롭게 만들어줄 것이다.

눈이 내린 날에 달리기를 하면 그 나름의 매력이 있다. 날이 추워도 공기가 신선하고
기분이 더 상쾌하다. 하루 종일 좋은 기분으로, 무엇이든 할 수 있다는 마음으로 스케
줄을 시작할 수 있다는 게 달리기가 주는 굉장한 장점이다.

2부
나는 달리기에서
인내를 배운다

만약 인간 본성에 대한
믿음을 잃었다면,
나가서 마라톤을 보라.
_ 캐서린 스위처
(1967년 보스턴 마라톤에 여성 최초로 참가한 마라토너)

42.195킬로미터
풀코스 마라톤에 도전하다

비가 오는 가운데 저만치 동화 속에서나 나올 법한 멋진 성들이 보이기 시작했다. 디즈니랜드 영화의 신데렐라 성처럼 신비롭고 아름다운 광경에 감탄이 절로 나왔다. 아침 일찍 달리기를 시작해 30킬로미터가 지났을 때, 마법처럼 펼쳐진 광경에 나는 잠시 넋을 잃을 뻔했다. 하지만 아직 가야 할 길이 멀었다. 42.195킬로미터 풀코스 마라톤은 단순히 21.0975킬로미터 하프 마라톤의 두 배가 아니었다. 그렇다. 나는 독일 남부에 위치한 퓌센Füssen에서 생애 첫 풀코스 마라톤에 도전하고 있는 중이었다.

"You are doing great, handsome."

그레이트, 핸썸? 응원을 나온 마을 사람들 중 누군가 나를 보며 서툰 영어로 이렇게 말했다. 그는 분명 "핸썸"이라고 했다. 순식간에 스치듯 들은 말에 겸연쩍은 미소를 지어 보였는데 힘든 가운데서도 한결 기분이 나아졌다.

지나친 다음 생각해보니 번호표에 적힌 내 영어 이름을 읽기가 어려웠던 것 같다. 나는 영어 이름을 따로 쓰지 않고 한글 이름을 영어로 옮겨 쓴다. Cheolsoo Ahn. 아마도 그 사람에게 내 이름은 난생 처음 보는 단어였을 거다. 내 이름을 외치며 응원해주려다 읽기 힘들자 빨리 포기하고 "핸썸"으로 순발력 있게 불러준 것이었다. 고맙기도 하고 웃음도 났다.

이번 마라톤에도 사람들의 말 한마디, 작은 응원이 큰 힘이 되었다. 작은 마을이라 듬성듬성 있는 농가들을 지나는 코스가 많았는데 주민들의 응원은 계속 이어졌다. 비가 오는 가운데 집집마다 우산을 쓰고 나와 러너들을 향해 박수를 치고 함성을 보내주었다. 특히 참가자들 중에는 동양인이 거의 없다 보니 나에게 응원이 집중되는 것 같았다. 나만의 착각일 수도 있겠지만 힘들어 죽겠는데 상관없다는 마음으로 달렸다.

그런데 응원을 보내준 건 마을 주민들뿐만이 아니었다. 심지어 그 마을에 살고 있는 소들도 응원을 보내주었다. 우스갯소리가 아니다. 뭐라고 설명해야 하나, 뛰다 보면 너른

들판에서 풀을 뜯어먹고 있는 얼룩무늬 소 무리들을 만났는데 고요한 그곳에서 소의 목에 걸린 방울이 흔들리며 맑고 기분 좋은 소리가 났다. 그 방울소리, 이 세상에 아무것도 없고 오직 '나'와 소들이 있고, 자연이 우리를 포근히 감싸고 있는 기분이었다. 소들은 사람들이 왜 저리 뛸까 생각했을지 모른다. 힐끗힐끗 우리를 쳐다보며 고개를 움직일 때마다 청아한 방울소리가 났다.

원래 풀코스 마라톤은 9월 하순에 뛸 계획이었다. 풀코스를 뛰기 위해서는 보통 16주, 약 4개월의 훈련이 필요하기 때문이다. 하지만 풀코스에 도전했던 날은 7월 21일, 그때는 절반에 지나지 않은 7주 훈련을 마친 상태였다. 물론 그전에 하프 마라톤은 여러 번 뛰었지만, 과연 풀코스를 무사히 마칠 수 있을지는 알지 못했다. 그래도 어디까지 뛸 수 있을지 시험해보는 마음으로 참가 신청을 했고, 그렇게 나는 퓌센 마라톤Königsschlösser Romantik Marathon Füssen 풀코스를 완주했다.

퓌센은 그림처럼 멋진 성들로 유명한 도시다. 퓌센 마라톤은 내가 이제까지 뛰었던 대회 중 가장 아름다운 코스이기도 했다. 그림 같은 호수 두 곳을 돌고 나면 전 세계 사람들을 불러들이는 유명한 노이슈반슈타인 성, 호헨슈반가

우 성이 나타난다. 그중 옛 바이에른 왕국 국왕이었던 루드비히 2세가 지은 노이슈반슈타인 성은 매년 엄청난 수의 관광객이 찾는 곳이기도 하다. 독일어에서 '노이'는 '새로운'을 뜻하고, '슈반'은 '백조', '슈타인'은 '돌'을 의미한다. 말 그대로 해석하자면 '새로운 백조의 돌 성'이다. 실제로 디즈니 신데렐라 성의 모티브가 된 곳이고 '백조의 성'으로도 불린다. 루드비히 2세는 첨단 기술을 이용해 성을 짓는 '혁신가'였다. 그 당시 최신 기술인 전기도 성에 맨 먼저 도입한 것으로 알려져 있다. 하지만 성을 짓는 데 돈을 너무 많이 써서 반대파가 많았으며, 결국 '매드 킹'이라 불리며 권한을 빼앗기고 호숫가에서 시체로 발견되는 비극적인 죽음을 맞았다. 하지만 매드 킹의 초기 투자(?) 또는 장기 투자 덕분에 그의 후손들이 엄청난 관광 수입을 거두고 있으니 역사의 아이러니가 아닐 수 없다.

첫 풀코스 마라톤에 도전하기 위해 이곳을 찾은 나는, 일요일 오전 7시 30분에 시작하는 대회를 위해 토요일에 미리 도착했다. 내가 사는 뮌헨에서 기차로 2시간 정도만 가면 되는 거리다. 퓌센은 워낙 작은 동네 마라톤 대회라 풀코스 참가자의 수가 430여 명이었다. 이번에도 함께 참가한 우리 부부는 유독 눈에 띄는 동양인이었는데 사람들이 신기하게 쳐다보는 시선이 느껴질 정도였다.

규모가 작은 대회지만 이것저것 알뜰하게 챙겨주는 것들이 많았다. 저렴한 참가비에는 티셔츠와 파스타 금액까지 포함되어 있었다. 큰 대회들 중에는 티셔츠를 따로 판매하는 경우가 종종 있는데 퓌센은 인심이 좋았다. 원래 마라톤 대회 전날에는 '파스타 파티'라고 해서 탄수화물을 많이 먹는다. 그래야 우리 몸에 글리코겐이 축적되어 그 힘으로 보다 수월하게 뛸 수 있기 때문이다. 파스타 파티는 우리나라로 치면 밥이나 떡, 죽을 든든하게 먹는 것과 같다. 퓌센 마라톤에서는 참가자들이 번호표를 받을 때 바로 옆 식당에서 파스타를 먹을 수 있는 쿠폰을 공짜로 준다. 파스타 면을 잔뜩 삶아 놓고 토마토, 까르보나라, 페스토 소스 세 가지 중 하나를 골라 먹을 수 있었다. 나는 토마토를, 아내는 까르보나라 소스를 선택해 양껏 먹고는 다음 날 경기를 위해 일찌감치 잠자리에 들었다.

　대회 아침이 밝았을 때, 5시쯤 일어나 준비를 하려는데 하늘에서 비가 내렸다. 일기예보에 비 소식은 없었는데 갑자기 내리는 비가 야속했다. 다행히 기온은 16도 정도로 가만히 있으면 조금 쌀쌀했지만, 뛰는 동안은 괜찮은 편이었다. 그래도 반팔과 반바지 차림으로 대회장까지 이동해 출발을 기다리는 동안은 고스란히 비를 맞을 수밖에 없었다. 비옷이 없어서 주위에 있는 비닐봉지를 머리에 쓰고 갔지만 소용없었다.

　마라톤은 워낙 많은 사람이 함께 출발하는 운동이다 보니 나중에 출발하는 사람은 한참을 기다려야 할 때가 있다. 특히 수만 명이 참가하는 큰 규모의 대회일수록 기다리는 시간이 30분을 훌쩍 넘기기도 한다. 퓌센 마라톤은 그나마 참가자가 적어서 뒤에 있는 사람들도 빨리 출발할 수 있었다. 출발 시간이 서로 달라도 정확한 기록을 재는 것은 경기의 기본이다. 정확한 기록을 재기 위해 참가자들은 타이밍 칩을 각자의 신발에 묶었다. 마라톤 대회에서는 두 가지 기록을 알려준다. 하나는 전체가 출발할 때부터 도착할 때까지 걸린 시간이고, 다른 하나는 참가자별 개인 기록 시간이다. 타이밍 칩은 바로 개인 기록 측정용이다. 개인 선수가 출발선에 정확히 선 순간부터 시간을 재기 시작하는 것이다. 때로는 번호표 자체에 타이밍 칩을 내장하는 경우도 있다. 나는 대회 직전에는 반드시 다시 한 번 신발 끈을 잘 묶는다. 뛰다가 신발 끈이 풀려 낭패를 보는 경우가 있기 때문이다. 나는 타이밍 칩까지 신발에 묶고 만반의 준비를 마쳤다.

　또한 우리들의 번호표에 태극기 스티커를 붙였다. 생애 첫 마라톤이기도 하고, 유일한 한국인들이니 한국 대표 선수라는 생각으로 열심히 뛰고 싶었다. 그 사이 비가 조금이라도 그치길 바랐지만, 뛰는 내내 비는 함께였다.

마라톤을 뛰면서 멋진 풍경에 감탄이 절로 나와 사진을 찍었다. 나보다 앞서 달리는 다른 참가자들의 뒷모습. 코스 중간에서 주최 측의 공식 사진사가 기다리고 있다가 참가자들을 찍어주었다. 이때 나는 완전히 지친 상태였는데 힘을 내서 활짝 웃었다. 산 위에 노이슈반슈타인 성이 보인다.

왼쪽은 노이슈반슈타인 성, 오른쪽은 구름이 덮인 호헨슈반가우 성.

1 퓌센 마라톤의 출발 지점이자 결승 지점. 2 결승선을 향해 달릴 때 지나는 길.

퓌센 마라톤 결승선 통과 직전의 모습.

하프 마라톤은 다 뛰고 나서도 조금 더 뛸 수 있는 에너지가 느껴질 때가 많았다. 7주차 연습하면서 그때까지 제일 멀리 뛰었던 거리가 27킬로미터 정도라 거기서 15킬로미터만 더 뛰면 된다고 생각했다. 그러나 나의 예상은 보기좋게 빗나갔다. 30킬로미터를 지나면서부터는 고통의 새로운 세계를 맛보는 느낌이었다. 첫 풀코스 도전이기도 했지만 힘든 정도는 30킬로미터를 지나면서 기하급수적으로증가했고 시간이 지날수록 속도도 현저히 느려지기 시작했다. 40킬로미터를 지나서는 고작 2킬로미터가 남은 상황에서 이 길이 영원히 끝나지 않을 것만 같았다.

다행이었던 건 코스 후반에는 물을 마실 수 있는 급수대가 2.5킬로미터마다 있었다는 것이다. 급수대가 5킬로미터마다 있었다면 중간에 쉬고 싶은 마음이 들 수도 있었겠지만, '어차피 2.5킬로미터 지나면 급수대가 있으니까 잠깐 서서 물을 마실 수 있다'는 마음으로 쉬지 않고 뛸 수 있었다. 너무 힘들어서 쉬고 싶다가도 조금만 더 가면 나타날 급수대를 생각하며 참았다.

달리기 연습을 본격적으로 시작한 지 9개월 만에 첫 풀코스를 완주한 내 기록은 4시간 6분이었다. 물론 결승점에 막 들어왔을 때는 의외로 무덤덤했다. 큰 부상 없이 들어왔다는 사실에 안도하는 마음이 더 컸다. 내가 풀코스 마라톤을 완주했다는 사실을 실감하기까지는 시간이 조금 걸렸다. 내가 다른 사람보다 무딘 편이라 그런지도 모르겠다. 나와 함께 참가한 아내도 5시간 40분의 기록으로 완주 메달을 받으면서 우리 부부는 인생의 버킷리스트 중 하나를 채울 수 있게 되었다.

완주한 사람, 완주자를 영어로 'finisher'라고 한다. 중도 포기하지 않고, 기어가는 한이 있더라도 끝내 결승선을 통과한 사람을 말한다. 나도 하는 모든 일에서 피니셔로 살아오긴 했지만 처음 풀코스 마라톤을 뛰어보고 나서야 이것이 얼마나 어려운 일인지 실감할 수 있었고, 어려움이 큰 만큼 의미 있는 일이라는 것을 깨달을 수 있었다. 마라톤에서 기록보다 완주가 더 큰 의미를 가지는 이유도 이것 때문일 것이다.

진정한 행복이 무엇인지 이야기한 영화 「먹고 기도하고 사랑하라」에서 주인공은 진짜 자신을 찾기 위해 긴 여행을 떠난다. 이탈리아에서는 먹는 것에 집중하고, 인도에서는 뜨겁게 기도하고, 발리에서는 자유롭게 사랑하는 삶을 살고는 전에 없던 행복을 발견한다. 이 모든 과정이 마라톤에도 그대로 담겨 있는 것 같다.

영화 속 주인공처럼 오랫동안 먼 곳으로 떠나지 않아도

된다. 많은 일이 그렇듯 결국 해답은 내 안에 있기 때문이다. 내 안에 있는 해답을 스스로 찾아낼 수 있는 시간과 방법이 필요하다. 그 시간을 갖는 방법은 사람마다 다를 것이다. 나는 달리기를 통해 나를 더 깊이 바라볼 수 있게 되었다.

안타까운 점은 요즘 들어 많은 사람의 삶이 갈수록 더 허탈하고 힘겨워지고 있다는 것이다. 삶이 힘든데 달리기를 권하는 것이 아무런 위로나 도움이 안 될지도 모르겠다. 뜬금없이 들릴 수도 있겠다. 나도 그랬다. 마음에 짊어진 짐이 너무 무거워서 어떻게 해야 할지 몰랐다. 그러나 우연히 조우한 달리기에서 커다란 도움을 받았고 자연스럽게 달리기에 빠져들게 되었다.

자신에 대한 시험으로 시도했던 풀코스 마라톤을 끝내고, 나는 원래 계획했던 9월 말 마라톤 대회 연습을 다시하기 시작했다. 이번에는 고통을 덜 느끼고 끝까지 뛸 수 있도록 말이다. 나는 다시 용기를 내어 새로운 출발선에 설 것이다. 들판에 울려 퍼졌던 청아한 방울소리가 다시 들리는 듯하다.

1 퓌센 마라톤 공식 기록 인증서. **2** 풀코스 마라톤 완주 후. 아내와 나는 한국인으로서 참가하는 데 의미를 두어 번호표에 태극기 스티커를 붙였다. **3-4** 퓌센 마라톤 완주 메달.

인간은 원래 뛰는 동물,
누구나 잘 달릴 수 있다

종군 기자 출신 저널리스트이자 러너, 작가인 크리스 토퍼 맥두걸은 자신의 저서 『본 투 런』과 'Are we born to run?'을 주제로 한 테드 강연을 통해 인간은 원래 뛰는 동물이라는 사실을 강조한다.

다른 동물과 비교했을 때 인간은 상당히 연약한 존재다. 힘도 그리 세지 않고 피부를 보호할 튼튼한 가죽이나 털도 없다. 치아나 손발톱도 무기라고 말하기 어려울 정도다. 심지어 빠르지도 않다. 이러한 여러 약점에도 불구하고 인류는 지금까지 살아남았다. 물론 다른 동물들이 사용하지 못하는 도구를 쓸 수 있었던 덕분이 크다. 하지만 도구를 사용하기 전에는 어떻게 생존할 수 있었을까?

인간이 도구를 사용하지 않았던 석기 시대 이전, 힘이 약하고 속도가 느린 인류가 유일하게 잘하는 건 '오래' 달리는 것이었다. 초식 동물인 먹잇감을 쫓아가며 오래 달리다가 동물이 지쳐 쓰러지면 그때 잡아먹는 식이었다. 문제는 달려야 하는 거리가 40~50킬로미터 이상 된다는 것이다. 사냥감이 지쳐 쓰러질 정도면 사람 역시 그 동물을 짊어지고 돌아올 에너지는 없다. 그래서 결국 남녀노소 모두가 함께 달려가야 했다. 그래야 쓰러진 동물을 잡아 다 같이 먹을 수 있었기 때문이다.

정말 다행인 것은 남녀노소의 달리기 속도에 큰 차이가 없다는 사실이다. 19세에 마라톤을 시작한다고 했을 때, 달리기 능력은 27세 정도까지 계속 향상된다. 그 이후에는 세월의 흐름에 따라 능력이 점차 퇴화되는데, 서서히 진행되기 때문에 64~65세 정도가 되어야 19세 수준으로 돌아간다. 즉 달리기 능력의 정점에 있는 20대 후반을 제외하고는 대부분 사람들이 비슷한 역량을 갖고 있다는 뜻이다. 그 옛날 어린이, 청년, 여성, 노인 중 누구 하나 뒤처지지 않고 모두 함께 달려가 먹이를 나눠 먹으며 생존할 수 있었던 이유가 바로 여기에 있다.

내가 50대의 나이에 달리기를 시작할 수 있었던 것도 마찬가지다. 아무리 나이가 들어도 시작할 수 있는 운동이 바로 달리기이기 때문이다. 실제로 마라톤을 하고 보니, 예순이 넘은 나이에 뛰기 시작한 분들도 상당히 많다는 걸 알 수 있었다. 달리기는 19세나 60대나 비슷한 실력으로 할 수 있는 최고의 운동이다. 그러므로 달릴까 말까 망설일 시간에 그냥 달려보길 바란다.

남녀노소 모두가 달리던 인류의 역사에서 정말 놀랍게도 여성이 마라톤 대회에 출전한 역사는 얼마 되지 않는다. 크리스토퍼 맥두걸은 테드 강연에서 1980년대 이전에는 여성이 마라톤을 뛰면 생식 기관인 자궁이 심하게 흔들려 아이를 가질 수 없다는 잘못된 생각 때문에 오랫동안 여성의 마라톤 참여가 금지당해왔다고 말했다. 수많은 여성 러너 중 그런 일이 실제로 일어난 적이 없다며, 말도 안 되는 논리에 일침을 가했다.

달리기가 여성에게 임신과 출산의 문제를 일으키기는커녕 오히려 건강과 순산에 도움을 주는 증거는 차고 넘친다. 「러너스 월드」에는 만삭의 러너가 표지를 장식한 적도 있었다. 만삭의 러너는, 첫 아이를 가졌을 때 고혈압과 임신중독증 등으로 고생했지만 둘째를 가진 뒤 달리기로 이를 극복한 여성이었다. 산모와 아이에게 무리가 가지 않는 선에서 달리기를 하자 건강을 회복한 것은 물론이고 둘째도 문제없이 순산할 수 있었다고 한다. 달리기는 여성에게 해로운

「러너스 월드」의 표지를 장식한, 만삭의 러너. 기록보다 중요한 것은 어떤 상황이든 극복해내며 달리겠다는 의지다.

것이 아니라 도움이 되는 운동인 것이다.

여성이 공식적으로 마라톤에 참여할 수 있던 첫 대회가 1970년대에 열렸다는 것을 감안해보면, 불과 40여 년 만에 여성 러너들이 이룬 쾌거는 상당히 놀랍다. 단거리 달리기의 경우는 남자 선수들의 기록이 훨씬 빠르기는 하지만, 장거리 달리기는 남성과 여성의 기록 차이가 고작 10여 분밖에 되지 않는다. 남녀노소 모두 함께 장거리 달리기를 하며 생존했던 옛 인류의 이야기는 진짜 사실이었던 것이다.

1967년 미국 보스턴 마라톤에 참가했던 캐서린 스위처는 여성 마라톤 역사에 큰 역할을 했다. 그녀는 여성의 마라톤 출전이 금지됐던 시기에 이름의 이니셜만 등록해서 대회에 출전했다. 여자라는 자신의 정체가 들통난 캐서린 스위처는 못 달리게 붙잡던 주최 측의 끈질긴 방해에도 불구하고 4시간 20분 만에 완주했지만, 결국 실격으로 처리되었다. 세계에서 가장 전통 깊은 마라톤 대회, 오랜 역사와 권위를 자랑하는 국제 대회라는 곳에서 일어난 현실이었다. 이 소식이 여기저기에 알려지면서 여성의 마라톤 참여 논의가 본격화되었다. 캐서린 스위처는 그로부터 50년 뒤 일흔한 살의 나이에 자신의 옛 등 번호였던 261번 번호표를 달고 2017년 보스턴 마라톤을 또 완주했다. 아마도 그녀는 자신이 달린 4시간 44분 31초 동안 지난 50년의 시간을 떠

1967년 미국 보스턴 마라톤 대회에 참가했던 캐서린 스위처. 수많은 방해에도 불구하고 결승 지점까지 완주해냈다.

올리지 않았을까?

여성의 참여가 늘기로는 달리기 인구만한 분야도 없다. 특히 전 세계에서 폭발적으로 운동 인구가 느는 종목이 하프 마라톤이라고 한다. 눈에 띄는 건 여성의 비율이 상당히 높다는 것이다. 유럽과 미국에서 마라톤에 참가해보면 아직까지 유럽은 남성이 좀 더 많은 편이긴 하지만, 미국 특히 하프 마라톤에는 여성 참가자가 더 많다. 2019년 8월 18일 미국 캘리포니아 주 샌디에이고에서 열린 AFC 하프 마라톤America's Finest City Half Marathon에 참가했을 때도 참가자 4,140명 중 완주자 3,527명의 남녀 비율은 남성 1,711명, 여성 1,816명으로 여성이 더 많았다. 우리는 원래 뛰는 동물이다. 성별, 연령은 아무런 제약의 조건이 되지 못한다. 뛰는 것은 사람의 본성이자 본질이다. 시력을 잃었지만 안내자와 함께 달린 러너, 의족을 차고 마라톤을 완주한 러너의 이야기도 접할 수 있다.

지난 2018년 초 서울에서 10킬로미터 대회에 참가한 적이 있었다. 우리나라도 대학과 직장을 중심으로 달리기 동호회가 많이 생겨 놀랐던 기억이 난다. 원래 인류는 뛰는 존재였다는 걸 생각해보면, 지금 우리가 달리지 못할 이유는 없다. 마음껏 달려도 된다. 달리기에 늦은 때란 없고, 달리기에 불리한 사람이란 없으니 말이다.

달리기는 고통뿐 아니라
환호도 참는 것이다

　달리기를 시작한 이후 나는 '달리기에는 어떤 의미가 있는가?'란 질문에 나름 진지한 고민을 하곤 했다. 인간은 원래 달리는 동물이라지만, 그래도 나만의 의미를 찾고 싶었다. 내가 찾은 달리기의 본질은 '견디는 것, 참는 것'이다. 영어로 장거리 달리기를 '인듀어런스 러닝Endurance Running'이라 하는 것도 바로 그런 뜻이리라.

　견디고 참는 것에는 여러 의미가 있는데, 우선은 육체적으로 힘든 것을 참아야 한다.

　달리기는 정말 힘들다. 뛰는 행위 자체가 어렵다. 누워 있다가 일어나려면 귀찮은 것처럼 걷기에서 뛰기로 바꾸는 순간에는 많은 용기를 필요로 한다. 특히 처음이 항상 힘들다.

아침에 일어나 뛰러 나가는 것, 달리기 시작하고 첫 1킬로 미터는 항상 힘들다. 그런데 그 순간을 잘 참으면 또 할 만하다. 힘들 때마다 내가 견디는 노하우는 바로 내 발 바로 앞을 보는 것이다. 예전에 중랑천을 뛸 때는 절대 멀리 있는 반환점을 보면서 달리지 않았다. 보통 1킬로미터 정도마다 다리가 있는데, 멀리 있는 반환점에 있는 다리를 보면서 뛰니까 너무 쉽게 지쳤다. 가도 가도 끝이 없는 것처럼 느껴져 더욱 힘이 빠졌다. 그래서 멀리 있는 목표를 보지 않고 그냥 내 발만 봤다. 한 걸음 한 걸음 나아가는 발만 보고 달리니까 어느 순간 반환점에 다다르고 출발 지점으로 돌아올 수 있었다.

이런 전략은 우리 인생에도 꼭 필요하다. 장기적인 목표만 바라보고 계속 참다보면 결국 지치게 마련이다. 그럴 때는 그저 눈앞에 놓인 당장 해야 하는 일들, 지금 하고 있는 일들을 하나씩 하다보면 그것들이 쌓여 결국 반환점을 돌게 해준다.

물론 발 앞만 본다고 능사는 아니다. 시야가 좁으면 다른 사람과 부딪힐 수도 있고, 잘못된 길로 들어설 수도 있다. 가까이 보는 것과 멀리 보는 것의 선택을 적절하게 할 수 있어야 한다. 그래도 너무 힘들 때는 멀리만 보지 말고 눈앞에 놓인 것에만 집중해보면 어떨까? 제법 참고 견디는 게 수월하게 느껴질 것이다.

달리기를 하며 참아야 하는 건 신체적 고통 외에 정신적 고통도 포함된다.

「뉴욕 타임스」에서 발견한 칼럼을 보니, 프로 마라토너들의 성적이 나뉘는 가장 큰 요인 중 하나가 '참는 능력'이라고 한다. 실력만 보면 1등과 4등의 차이는 거의 없다. 다만 메달권에 들지 못하는 선수들은 뛰는 동안 너무 고통스러운 나머지 자기도 모르게 다른 생각을 한다고 한다. 즐거웠던 순간이나 경기가 끝난 후에 무엇을 하고 싶은지 등을 떠올리는 식이다. 그러면 순간의 고통은 잊을 수 있을지 몰라도 그 사이 자신도 모르게 달리는 속도가 조금씩 느려져 결국 순위권 밖으로 밀려나게 된다. 그러나 1등을 하는 선수는 그 고통을 그냥 참는다고 한다. 매 순간 힘든 것들을 정면으로 바라보고 온몸으로 고통을 매 순간 느끼면서도 묵묵히 참는 것이다. 그러한 인내가 그 사람의 능력을 최대한 발휘하게 해주는 것이다.

그런데 아무리 달리기의 의미가 참는 것에 있다 하더라도 정신력으로 버틸 수 있는 것에는 한계가 있다. 체력이 어느 정도 뒷받침되지 않으면 정신적으로 참으려고 해도 몸이 못 버틴다. 또 아무리 체력이 좋아도 정신적인 고통을 참지 못하면 우승과 거리가 멀어진다. 그러니 참는다는 것에는 체력과 정신력 사이의 조화가 이뤄져야 한다. 즉 마음은 몸으로부터 배우고 몸은 마음으로부터 배워야, 몸과 마음이 함께 발전할 수 있는 것이다.

『달리기와 존재하기』라는 책을 쓴 조지 쉬언 역시 고통을 참고 견디는 것에 대해 이야기했다. 그는 미국의 심장병 전문의였다가 마흔네 살에 갑자기 의사 생활을 그만두고 러너가 된 사람이다. 50대에 1마일을 5분 내에 달리는 세계 신기록을 세우고, 예순한 살에는 마라톤 3시간 1분이라는 개인 최고 기록을 달성하기도 했으며 「러너스 월드」의학 담당 편집자이기도 했다. 그는 "러너가 되면서, 고통과 피로와 아픔을 견디면서, 스트레스에 스트레스로 맞서면서, 삶에서 반드시 필요한 것만 남겨놓으려고 하면서 러너는 자신에게 충실해지고 그대로 자신이 된다"고 말했다.

고통과 피로, 아픔과 스트레스를 피하는 것이 아니라 견디고 맞선다는 그의 말에 내가 생각하는 달리기의 본질을 다시 한 번 곱씹어보게 된다. 스스로에게 충실해지는 것은 나 자신에게 집중하는 시간이며, 그 시간은 달리기를 통해 얼마든지 가져볼 수 있다.

달리기 대회에 출전했을 때는 더 많은 것을 참을 수 있어야 한다. 평소 나의 속도보다 무리해서 뛰지 않기 위해, 즉 오버 페이스를 하지 않기 위해 참아야 한다. 출발선에 섰을 때 뒤처지고 싶지 않다는 초조함, 먼 거리를 내가 완주할 수 있을까 하는 불안함이 나도 모르게 오버 페이스로 달리게 만드는 요인들이다. 빨리 뛴다고 해결되는 게 아닌데도 복잡한 마음을 참지 못하는 것이다. 그렇게 빨리 뛰어서 페이스 조절을 못하면 부상을 당하거나 쓰러지기 쉽다.

덧붙이자면, 고통이나 불안함, 초조함을 참는 것뿐만 아니라 기쁨과 흥분도 참을 수 있어야 한다. 대회 현장은 함성과 응원 소리로 가득하다. 특히 출발 지점에서는 수많은 사람의 함성이 한 번에 터지면서 '와!' 하는 소리와 함께 분위기가 고조된다. 뮌헨 마라톤에서 오버 페이스를 하는 바람에 결승점에 들어오자마자 주저앉아 버렸던 아내는 이러한 분위기에 휩쓸리지 않는 것이 중요하다는 것을 깨달았다고 한다. 대회 주변 분위기에 휩쓸리기 시작하면 참는 것에 제동을 걸기가 쉽지 않다.

우리의 일도 마찬가지다. 시작할 때 주변의 기대와 응원이 없으면 힘이 날 리 없다. 하지만 그것에 신경을 쓰다가 나만의 속도를 잃어버리면 오버 페이스를 하게 된다. 나는 지금까지 수많은 일에 도전하면서 여러 번 출발 지점에 서 왔다. 돌아보니 어떤 때는 알맞은 속도로 달려갔는데 어떤 때는 무리한 적도 있다. 나는 마라톤을 하면서 깨닫는다. 나만의 속도로 한 발 한 발 견뎌내며 나아가겠다고 말이다.

실제로 하프 마라톤이나 풀코스 마라톤에 나가려면 연습을 위한 준비 시간이 꽤 필요하다. 봄, 가을에 주로 열리는 마라톤 대회에 참가하려면 추운 겨울과 더운 여름을 또 참고 견디면서 연습해야 한다. 꾸준히 달리다 보면 참고 견디는 연습을 통해 삶에서도 완급 조절을 할 수 있는 단단한 사람이 되리라 확신한다. 어쩌면 달리기는 삶의 깨달음을 얻어가는 수련이 될 수 있지 않을까 생각해본다.

비엔나 시티 마라톤에서 출발을 기다리는 사람들. 사람들의 시선이 하늘로 향한 이유는 마라톤 풍경을 촬영하는 헬리콥터가 날아다니고 있었기 때문이다.

1년간 내가 달린 마라톤 거리
156.585킬로미터

일부 러너들은 세계 6대 메이저 마라톤 대회 출전을 목표로 하기도 하는데, 달리기의 의지를 유지하는 방법으로 나쁘지 않은 것 같다. 세계 6대 메이저 마라톤 대회는 미국의 뉴욕, 시카고, 보스턴, 독일의 베를린, 영국의 런던, 일본의 도쿄 마라톤이다.

나는 특별한 경우를 제외하고 특정 대회에 참가하는 것에 큰 의미를 두지는 않는다. 처음 달리기를 시작한 계기도 특별한 목표나 목적이 있어서가 아니었다. 여러 가지 일로 바쁜 가운데서도 내가 대회에 나가는 이유는 기록 때문이 아니라 나 자신과의 약속, 나 스스로를 단련하기 위해서다. 대회에 등록하지 않으면 목표가 생기지 않아서 나태해지기 쉽다. 그저 스스로에 대한 도전이자 수련이다. 특정 대회나 기록에 뜻을 두지 않지만, 독일에 살고 있는 덕분에 국경 이동이 자유로운 유럽의 다른 도시에서 열리는 마라톤에 참가하거나 프로젝트 준비 차 미국에 갈 때면 그곳의 대회에 참가했다.

대회를 선택하는 기준에는 장소가 집과 가까운가, 코스가 평탄한가, 뛰는 코스 주위 경관이 아름다운가, 그리고 규모가 어느 정도인지, 참가비는 얼마인지 등을 고려해볼 만하다. 각 대회마다 장단점이 뚜렷하기 때문이다. 큰 규모의 대회들은 보통 참가비가 비싸고 워낙 많은 사람이 몰리는 바람에 숙소를 잡기도 어렵지만 규모만큼의 재미와 의미가 있고, 코스 관리도 잘되어 있어서 달리기에 편하다. 경찰과 안전 요원의 인력 배치와 주요 도로들에 대한 통제 역시 잘 이루어진다는 점도 큰 장점이다.

반면 중소 규모의 대회들은 장단점이 딱 반대다. 도시가 혼잡하지 않고 숙소를 잡기도 쉽다. 참가비가 저렴한 데다 파스타 파티나 참가복인 티셔츠도 공짜로 주곤 한다. 다만 주최 도시의 협조나 코스 관리가 살짝 부족하다는 점에서 불편함이 있을 수도 있다. 이러한 점들을 미리 파악하고 각자의 취향에 맞게 대회를 선택하면 된다. 나의 경우에는 그때그때 상황에 맞춰 골고루 참여하는 편이다.

마라톤 대회는 경기 자체가 주요 행사이긴 하지만 사람들이 모이는 축제이기도 하다. 대회에 참가해 티셔츠나 메달을 받을 때면 선물을 받는 것처럼 기분이 좋다. 대회 전날에는 운동용품 전시회 구경도 한다. 운동용품 전시회는 번호판을 직접 나눠주는 동시에 대회 참가자들이 관심을 가질 만한 러닝화나 운동복, 영양제, 운동하며 먹을 수 있는 간단한 음식 등을 저렴하게 파는 장터 같은 개념이다. 또한 경기가 끝난 후에는 경기 중에 달리는 모습을 찍은 사진 서비스도 받을 수 있다. 지인이 찍어주지 않아도 기념 사진을 남길 수 있는 것이다. 대회 측에서 참가자마다 사진을 찍은 다음 인공지능 기술로 번호표를 인식해 사진을 전달해주는데, 이 일을 전문적으로 하는 큰 기업들도 많이 생겼다.

내가 유럽에 와서 처음 출전했던 대회는 앞에서 이야기한, 2018년 10월 14일에 참가한 뮌헨 마라톤 10킬로미터다. 앞에서 이야기한 것처럼 독일에 와서 아내와 처음으로 참여했던 대회다. 덧붙이자면, 달리기 코스가 참 멋졌다. 뮌헨 올림픽 공원의 쿠베르틴 광장에서 출발해 뮌헨 개선문을 반환점으로 삼은 다음 올림픽이 열렸던 스타디움으로 골인하는 것이 특징이다. 뛰는 내내 뮌헨의 구석구석 참 예쁜 옛 건물들을 볼 수가 있었다. 열정적으로 응원해주는 시민들의 모습도 선명한 기억으로 남아 있다. 아마 이때의 좋은 추억 덕분에 내가 계속 달리기를 하고 마라톤 대회에 나가는 게 아닌가 싶기도 하다.

같은 해 12월 8일에 참여했던 대회는 뮌헨 니콜라우스 라우프München Nicolauslauf 10킬로미터다. 우리말로는 '산타런' 정도가 되겠다. 크리스마스가 있는 달에 열리는 대회라서 '산타'라는 이름이 붙은 것 같다. 12월 초 겨울에 열리는 대회여서 굉장히 춥다 보니 옷을 많이 껴입는데, 어떤 사람들은 산타 복장을 하고 뛰고, 또 어떤 사람들은 쪄 죽지 않을까 걱정될 만큼 두껍게 옷을 입고 달리기도 했다. 나는 초록색의 평창 동계 올림픽 기념 모자를 쓰고 달렸다. 올림픽 공원을 달리는 코스로 아내 없이 나 혼자 뛴 경기이기도 했다.

2019년 3월 17일에는 아내와 함께 뮌헨 베스트파크라우프München Westparklauf 10킬로미터를 뛰었다. 앞에서 이야기한 것처럼 아내와 내가 평소에 뛰는 베스트파크에서 열리는 대회라 출전하지 않을 수 없었다. 덧붙이자면, 그때 내 컨디션이 그리 좋진 않았다. 한창 달리기 연습을 할 때 한 바퀴만 더 뛰어야지 욕심을 부리다가 종아리 근육 부상을 입었기 때문이었다.

URKUNDE

Winterlaufserie München
im Olympiapark

8.12.2018 **10 km** - 6.1.2019 **15 km** - 10.2.2019 **20 km**

Cheolsoo Ahn
belegte beim
10km - Nikolauslauf
in einer Zeit von 00:51:54
den 509. Platz
und in der AK M55
Platz 20

Herzlichen Glückwunsch zur hervorragenden Leistung!

Alexander Fricke

Dr. Alexander Fricke
Veranstalter

뮌헨 니콜라우스라우프 공식 기록 인증서.

니콜라우스라우프에서 초록색의 평창 동계 올림픽 기념 모자를 쓰고 뛰었다.

한 일주일 정도 쉬면 낫겠지 싶었는데 뛰어보면 다시 아프고, 조금 더 쉬면 낫겠지 싶다가도 뛰면 또 아픈 게 한 달이 지나도록 반복되었다. 솔직한 심정으로는 절망감이 느껴질 정도였다. 그래도 좋은 날, 좋은 기회라서 다리가 아픈 채로 그냥 달렸다. 물론 달리는 동안에도 다리가 아프기는 했지만 서서히 회복되는 기운이 느껴졌다. 그때 한 바퀴를 더 뛰지 않았더라면 하는 후회와 반복되는 고통에 절망감을 느꼈던 부상에서 드디어 벗어날 수 있다는 생각에 홀가분해졌다. 작은 규모의 경기였지만 잊지 못할 추억을 간직한 대회다.

2019년 4월 7일에는 마라톤 참가를 위해 오스트리아로 원정을 떠났다. 뮌헨에서 기차로 4시간이면 비엔나에 도착할 수 있었다. 대회의 규모만큼은 엄청나게 큰 비엔나 시티 마라톤Vienna City Marathon에 참여하기 위한 원정이었다. 참가자 수가 무려 4만 명이 넘는 큰 대회에서 나는 처음으로 21.0975킬로미터의 하프마라톤에 도전했다.

뮌헨에서 뛰었던 마라톤 코스도 아름다웠지만, 비엔나 시티 마라톤은 더욱 아름다웠다. 비엔나 시 동쪽에 위치한 유엔 사무국에서 출발해 도나우강을 건너기 위해 다리를 통과하는데 4만 여 명이 이동하는 것 자체가 장관이었다. 뛰기 직전에 흘러나온 음악 「아름답고 푸른 도나우강」과 함께 한 폭의 그림처럼 어우러진 풍경이었다.

다만 날씨가 쌀쌀해서 출발 전까지 고생은 좀 했다. 이렇게 큰 규모의 대회는 참가자가 한꺼번에 출발할 수 없다. 기록이 좋은 엘리트 선수들이 9시 정각에 출발하면, 그 뒤로 나머지 사람들이 출발하는 시스템이다. 참가자들에게 미리 개별 기록을 물어본 뒤 A~D 블록으로 나누어 배치한다. 기록이 느린 사람들은 보통 30분 이상을 기다리다 출발해야 하는데, 반팔과 반바지만 입고 기다리기에는 참 추운 날씨였다. 사람들이 출발을 기다리는 동안 대회 사회자가 사람들과 이야기를 하고 퀸의 「위 윌 락 유We Will Rock You」도 함께 부르며 리듬에 맞춰 손을 위로 뻗어 박수를 치는데, 나는 하프 마라톤을 처음 뛰다보니 뒷 블록에 속해서 그 시간을 꼼짝없이 기다려야 했다.

드디어 내가 속한 블록이 출발할 차례가 되어 달리기를 시작하는데, 아뿔싸! 4만 여 명의 달리기는 정말 달랐다. 아무리 속도를 내고 싶어도 그 많은 사람을 헤쳐 나가기란 쉽지 않았다. 코스를 일직선으로 달려야 속도가 날 텐데 사람들을 피해 앞으로 나가려면 좌우로 앞 사람을 피해서 달리는 방법밖엔 없었다. 골인 지점까지도 사람들을 헤치고 나가느라 속도를 충분히 낼 수 없어 아쉬웠는데, 어쨌든 1시간 56분의 기록으로 결승선을 통과할 수 있었다.

무려 4만 명이 넘는 사람이 참가해 와글와글한 비엔나 시티 마라톤의 풍경.
결승선까지도 주자들이 많아 복잡했다.

비엔나 시티 마라톤은
아내와 나의 21.0975킬
로미터 첫 하프 마라톤
이었다.

비엔나 시티 마라톤 공식 기록 인증서와 완주 메달. 마라톤 코스 중에는 4만 여 명이 넘는 참가자가 도나우강을 건너기 위해 이동하는 장관이 연출되었고, 그 모습이 찍힌 사진이 인증서에 담겼다.

그러나 아쉬움이 장점이 될 때도 있었다. 이 아름다운 도시를 관광하는 마음으로 충분히 둘러보며 뛸 수 있었기 때문이다. 비엔나의 대관람차 옆을 지나고, 오스트리아에서 가장 큰 궁전인 쇤부룬 궁도 바로 앞에서 지나갈 수 있었다. 골인 지점은 고색 창연한 비엔나 시청이었다. 옛 시청인 고딕식 건물의 아름다움을 바라보며 결승 지점에 들어왔다. 관광객이었다면 쉽게 보지 못했을 도시 구석구석의 여러 얼굴들을 마음껏 구경할 수 있어 얼마나 좋았는지 모른다. 달리는 내내 응원해준 시민들의 모습도 절대 잊히지 않는다.

봄에 뛰는 생애 첫 하프 마라톤 경기였기에 추운 겨울에도 아내와 열심히 연습을 했다. 비가 올 때도, 눈이 올 때도 공원 길을 뛴 뒤 연구소로 출근했다. 과연 무사히 완주할 수 있을까 걱정이 앞섰던 경기이기도 했다. 중간에 힘이 다 빠져버리면 어쩌나 싶었는데 둘 다 완주하고 나서는 비로소 안도의 숨을 편히 내쉴 수 있었다.

비엔나 시티 마라톤에서 무사히 하프 코스를 완주한 뒤 3주가 지났을 때 엑스프라이즈 재단과 함께하는 프로젝트 논의를 위해 미국 로스앤젤레스로 출장을 갔다. 일을 마치고 2019년 4월 28일에 샌디에이고 바로 북쪽에 있는 조그마한 대학 도시, 라호야에서 열린 라호야 하프 마라톤La

Jolla Half Marathon에 참가했다.

거의 모든 마라톤 대회에 아내와 함께 참여해왔는데, 여기서는 딸 설희까지 함께해 세 가족이 다 같이 뛴 의미 있는 경기였다. 원래 우리 가족은 '혼자였으면 선택하지 않았을 경험들'을 서로에게 하게 해주는 존재다. 간단하게는 책이나 영화, 음악 등을 서로 추천해주고 넓게는 삶이 풍요로워지는 다양한 경험을 권하는데, 달리기가 특히 그랬다. 딸 덕분에 시작한 달리기였고, 같이 제대로 경쟁할 수 있는 기회이기도 했다.

내가 뛴 대부분의 마라톤 코스가 모두 아름다웠지만, 라호야 마라톤 대회는 다른 종류의 아름다움이었다. 태평양 해변을 따라 달리는 코스로, 끝없이 펼쳐지는 해변에서 태평양을 바라보며 달리는 마라톤은 감탄의 연속이었다. 아름답다는 말로는 부족할 지경이었다. 그런데 아름다움과 난이도가 비례하는지, 중간 중간 고난도의 고비가 찾아왔다. 출발하고 8킬로미터가 지나자 토리파인스 공원이라는, 깎아지른 경사를 통과해야 하는 구간이 나타났다. 120미터 정도 되는 높이를 계속 올라가는 코스로 사람들이 거의 걷다시피 통과하는 곳이었다. 나는 언덕을 뛸 때의 요령대로 고개를 숙이고 내 발만 보면서 보폭을 최대한 줄인 상태로 뛰면서 무사히 마의 구간을 걷지 않고 빠져나왔다.

2019년 4월 28일, 미국 샌디에이고 라호야 하프 마라톤 대회. 오른쪽으로 태평양이 보이는 해안도로에 접어들면 시야가 트이고 마음까지 뻥 뚫리는 기분이 든다. 왼쪽으로 보이는 산이 토리파인스 공원으로, 드넓은 바다의 절경을 지나면 언덕을 뛰어 올라가야 하는 난코스가 기다리고 있다.

토리파인스 공원의 깎아지른 경사를 통과해야 하는 구간. 120미터 정도 되는 높이를 3킬로미터가량 계속 올라가는 코스다. 사람들이 거의 걷다시피 통과하는 곳으로, 나는 보폭을 최대한 줄인 상태로 뛰면서 무사히 마의 구간을 빠져나왔다.

라호야 하프 마라톤 결승 지점. 결승선을 통과하기 전에 만세를 불렀다.

라호야 하프 마라톤은 설희까지 함께해 세 가족이 다 같이 뛴 의미 있는 경기였다. 원래 우리 가족은 '혼자였으면 선택하지 않았을 경험들'을 서로에게 하게 해주는 존재다.

워낙 난이도가 높아 보통 자신의 기록보다 5~10분 정도 늦는 것이 보통이라는데, 비엔나 시티 마라톤보다 1분 늦은 1시간 57분의 기록으로 내가 우리 가족 중에는 제일 먼저 들어왔다. 달리기를 제일 먼저 시작한 딸 입장에서는 엄마 아빠가 계속 달리기를 하는 건 좋지만 자신의 등수가 밀리는 것에는 살짝 불만이 있는 눈치다. 그렇다고 내 기록을 일부러 줄일 수는 없으니 난감하다.

라호야 하프 마라톤 이후 3주가 지난 2019년 5월 19일에 나는 다시 오스트리아 잘츠부르크로 향했다. 그곳에서 나와 아내는 잘츠부르크 마라톤Salzburg Marathon에 참여해 하프 마라톤을 뛰었다. 나는 마라톤을 하러 갔지만, 뛰는 동안에도 그곳의 아름다운 풍경을 감상하느라 너무 바빴다. 헬브룬 궁 안마당을 통과한 후 미라벨 궁 앞을 지나는 동안, 잘츠부르크의 구석구석을 눈에 담을 수 있었다.

잘츠부르크 마라톤은 도시 규모가 작다 보니 도시 한 바퀴를 돌면 하프 마라톤이 되고, 같은 코스를 두 바퀴 돌면 풀코스 마라톤이 된다. 그래서 풀코스 참가자들은 도시 한 바퀴를 돌았을 때 "아니, 내가 미쳤지. 왜 풀코스를 신청해서 한 바퀴를 더 돌아야 하나?" 하는 푸념을 한다고 한다. 차라리 다른 코스면 모를 텐데 뛴 곳을 또 뛰는 건 별로인가 보다.

마라톤 대회가 진행되기 하루 전에는 아이들의 달리기 대회가 함께 열렸다. 유치원생 정도 되는 아이들이 조그마한 마당 한 바퀴 정도를 도는 코스 같았다. 유치원 선생님이 페이스메이커Pace Maker로 나서 아이들이 너무 빨리 달려가다 넘어지는 걸 막는데, 그래도 넘어진 아이가 생기면 자전거 뒤에 태우고 아이들을 뒤쫓아 가는 풍경에 웃음이 절로 났다. 환호와 박수가 섞인 소리를 들으며 달리기 축제의 한 장면을 보는 듯했다.

게다가 잘츠부르크는 음악의 도시가 아니던가. 모차르트가가 태어난 곳이자 영화 「사운드 오브 뮤직」의 배경지에 걸맞게 마라토너들을 응원하는 악단도 엄청 많았다. 음악과 아이들의 달리기와 시민들의 함성이 한데 어우러진 소리를 들으며 힘들었던 하프 마라톤을 끝까지 완주할 수 있었다.

그 뒤 7주가 지난 2019년 7월 21일엔 퓌센 마라톤에서 생애 첫 풀코스를 뛰었다. 풀코스 마라톤을 뛰고 4주 뒤인 8월 18일에는 엑스프라이즈와 협약식을 위해 미국에 간 김에 42회째를 맞은 샌디에이고 AFC 하프 마라톤에 참가했다. AFC 하프 마라톤은 샌디에이고 만을 바라보며 달리는 해안 도로 코스가 정말 아름답다.

잘츠부르크 마라톤 완주 메달과 번호표. 잘츠부르크는 모차르트의 고향이자 음악의 도시답게 마라톤 완주 메달에도 음악 악보를 그려넣었다.

rg Marathon
19. Mai 2019

오스트리아 잘츠부르크 마라톤에서 결승
지점을 앞두고 마지막으로 질주하는 순간.

바다가 내려다보이는 아름다운 카브리오 국립기념물에서 시작해 샌디에이고 만, 인공 섬 하버 아일랜드, 샌디에이고 항구를 거쳐 광대한 발보아 공원이 골인 지점인 아름다운 코스였다. 나의 완주 기록은 1시간 49분 32초로, 지금까지 참가했던 하프 마라톤 중에서 가장 좋은 기록이기도 했다.

2018년 10월 14일부터 본격적으로 시작해 지금까지 10킬로미터와 하프 마라톤을 거쳐 풀코스에 도전해 완주를 해냈다. 러너로서의 시간과 경험이 내 인생에 차곡차곡 쌓이고 있는 것이다. 내가 유럽에 와서 지금껏 마라톤 대회에서 달린 거리를 계산하니 156.585킬로미터다. 내가 달려온 거리가, 그 시간의 양이 나 자신에게 가졌던 자책과 후회, 실망의 감정을 덜어내기에 충분했을까. 아니, 결코 그렇지 않다. 내가 더 잘했어야 하는 것, 내가 느끼는 책임감은 더 크다. 나는 내일도 다시 출발선에 설 것이다. 여기에 눈부실 만큼 아름다운 풍경의 감동은 덤이다.

2019년 8월 18일, 미국 샌디에이고 AFC 하프 마라톤 대회. 마라톤 코스 중 샌디에이고 항구를 달리는 모습.

AFC 하프 마라톤의 출발 지점인 카브리오 국립기념물의 기념비.

뛰어라!
아무도 보고 있지 않은 것처럼

누군가는 달리기를 하면서 좋은 아이디어를 떠올린다거나 명상처럼 마음을 차분히 가라앉힌다고 한다. 실제로 달리기를 해보니 나는 그렇지는 않았다. 그저 내 심장이 지금 쿵쾅쿵쾅 뛰고 있고, 내가 이 순간을 충실히 살고 있다는 느낌만 든다.

나를 괴롭히던 복잡한 생각이나 고민들을 뒤로한 채 우선 지금 달리고 있는 나에게 집중할 수 있게 된다. 열심히 움직이는 심장, 거친 숨소리, 한 발 한 발 내딛는 발걸음을 느끼며 온전히 살아 숨 쉬는 나를 깨닫는다.

숨이 턱까지 차오르고 땀은 흠뻑 쏟아진다. 그런데 그 기분이 나쁘지 않다. 그래서 나는 그저 그 순간을 즐기려고 할

뿐이다. 너무 힘이 들 때는 멀지 않은, 가까운 미래를 기대한다. 달리기를 마친 뒤 꿀꺽꿀꺽 시원하게 들이켤 시원한 물 한 잔, 개운하게 씻고 편안하게 앉아서 쉴 소파 등을 상상한다. 지금 이 순간을 살고 있는 사람에게 어울리는 건 불확실한 먼 미래가 아니라 확실한 가까운 미래다. 그것도 희망에 가득 찬 미래여야 한다. 1시간 뒤에 누릴 구체적인 즐거움을 떠올리며 나는 달리기의 무아지경 속으로 빠져든다.

　　나는 원래 내가 노력해서 바꿀 수 있는 것에만 집중하는 사람이다. 그래서인지 더욱더 지금 현재에 몰입할 수 있는 것인지도 모르겠다. 처음 회사 경영을 시작했을 때, 나는 모르는 게 너무 많았다. 회사를 다녀본 경험이 없었고 의과 대학 교수를 하다 왔으니 분야도 달라 하나부터 열까지 걱정이 끊일 새가 없었다. 그렇게 계속 걱정을 하며 살다보면 제명에 못 살 것 같았다. 해결되지 않는 걱정들이 나를 괴롭혔다. 나는 그때부터 '선택적 걱정'을 하며 사는 것으로 인생관을 바꾸었다. 그 이후부터는 내가 노력해도 바꿀 수 없는 일은 걱정하지 않고, 노력하거나 고민해서 바꿀 수 있는 일에만 최선을 다하게 되었다. 그러자 불필요한 걱정과 고민의 무게를 줄일 수 있었다. 여기에 달리기는 마음의 무게를 덜어주고 복잡한 생각을 훌훌 털어버릴 수 있도록 도와준다.

　　이러한 달리기의 깊은 세계를 경험하고 나니, 아주 젊었을 때부터 뛰었더라면 얼마나 좋았을까 싶은 마음이 굴뚝같다. 어린 나에게는 달리기에 대해 이야기해주는 사람이 없었다. 그런데 요즘 아이들에게도 몸과 마음이 건강한 삶의 방식에 대해 말해주는 사람이 거의 없는 것 같다. 입시에 과하게 시달리는 것은 물론, 온라인 공간을 중심으로 대부분 활동이 이뤄지는 것은 균형 잡힌 생활이라 보기 어렵다. 스마트폰과 온라인에서 얻는 정보가 아무리 많다 한들 오프라인에서 제대로 된 활동을 하지 않는다면 삶의 균형을 찾기 힘들다.

독일에 머물며 세계적인 베스트셀러 작가이자 예루살렘 히브리 대학교 역사학 교수인 유발 하라리의 강연을 들었던 적이 있다. 스위스 로잔에서 진행된 강연회에서 그는 미래 세대를 두고 "어쩌면 기능적인 코딩과 같은 교육보다 마음의 리질리언스resilience가 더 중요하다"는 메시지를 전했다. 리질리언스는 충격이나 부상 등에서의 회복력, 탄성, 탄력 등을 말하는 것인데, 나도 전적으로 공감하는 부분이다.

미래의 세상에서는 인공지능이 많은 부분에서 사람을 대신할 것이다. 그러한 변화에 대처하려면 유발 하라리가 말한 아이들 마음의 회복력이 상당히 중요해질 텐데 과연 그 능력을 어떻게 키우면 좋을까?

나는 달리기가 하나의 방법이 될 수 있다고 생각한다. 빠

겨울 베스트파크에서 아내와 함께한 달리기 연습.

르게 급변하는 시대에는 매 순간 그 속도에 발을 맞추기 위해 헉헉 대며 따라만 갈 것이 아니라, 사람만이 할 수 있는 것에 집중하는 것과 동시에 다양한 변화에 적응할 수 있는 유연한 태도가 필요하다. 그러한 회복탄력성이나 유연한 자세는 몸과 마음이 건강할수록 쉽게 발휘된다. 나 역시 장거리 달리기를 하며 달리기의 본질인 참고 견디는 과정을 거치는 동안 마음의 상처 등에 대한 회복력을 점차 복원해 나간 것은 물론, 새로운 프로젝트에 대한 열정도 다시 얻을 수 있었다.

그렇다고 달리기를 억지로 권해선 안 된다. 어릴 때부터 달리기를 친근하게 느끼고 좋아할 수 있게 만들어주는 환경이 중요하다. 내가 직접 대회에 나가서 느낀 건 아이들을 데리고 나온 부모님들이 정말 많다는 것이었다.

나는 일단 가볍게 뛰기부터 권하고 싶다. 달리기는 특별한 장비가 필요 없고, 어떤 트레이닝을 받아야 하는 것도 아니다. 천천히 뛰기 시작하면 된다. 그럼 누구나 본능적으로 알게 된다. 내 생각보다 나는 더 잘 달릴 수 있는 사람이라고. 스스로 건강하게 살아 움직이는 사실을 확인하는 것만으로도 자신감이 차오른다. 달리기는 마음의 리질리언스를 키울 수 있도록 도움을 주는 가장 쉽고 확실한 방법이다.

페이스메이커는
다른 사람들과 함께 달린다

마라톤 대회에 달리기를 경쟁처럼 하는 사람들을 가끔 볼 때면 안타까운 마음이 든다. 프로 선수들을 제외하면 달리기의 본질은 다른 사람과의 경쟁이 아니다. 최소한 나는 그렇게 생각한다. 굳이 경쟁을 한다면 자신과의 경쟁이어야 한다. 특히 '어제의 나'와 '오늘의 나' 사이의 경쟁이다. 그렇다고 어제보다 더 나은 오늘의 기록을 말하는 게 아니다. 어제 달리기를 하던 나로부터 배워서 오늘 달리기를 하는 내가 조금이라도 더 나은 사람이 되는 것을 뜻한다. 나는 이것이 바로 달리기의 핵심이라고 생각한다.

마음의 상처를 가진 채로 달리기를 시작해서인지, 나는 마치 순례자의 길을 걷는 것과 같은 마음으로 뛰게 되었다.

과거의 나보다 지금의 내가 더 나은 사람이길 바라는 마음이기도 하고, 어제의 나보다 지금의 내가 더 행복한 사람이길 바라는 마음이기도 하다. 달리면 달릴수록 점차 마음에 평안이 찾아오고 나의 달리기는 안정적인 상태로 변해갔다.

프로 선수가 아닌 이상 굳이 기록에 집착할 필요는 없다. 달리기를 시작한 지 얼마 되지 않은 러너들은 처음부터 빨리 달리려는 경향이 있다. 다른 사람들보다 빨리 뛰고 싶기도 하고, 이왕이면 좋은 기록을 내고 싶어서일 것이다. 하지만 오히려 그러한 이유 때문에 더 쉽게 지치고 더 많이 힘들다. 결국에는 달리기를 금방 포기하기도 한다.

포기하지 않는 달리기를 하고 싶다면 이것만 기억하자. 바로 기록에 집착하지 않는 것이다. 굳이 빨리 뛸 필요도 없고, 애써 멀리까지 뛸 필요도 없다. 매 순간 힘든 과정이지만 매 순간 자신이 살아있음을 느끼고 즐겨야 한다. 즐겨야만 오래 지속할 수 있고 자신의 삶을 바꿀 수 있다. 어느 정도 달리기가 내 몸에 익숙해지면 옆 사람과 대화하며 달릴 수 있을 정도가 되는데, 그 정도 속도로만 달려도 충분하다.

아프리카에서 가장 높은 산인 킬리만자로에 오를 때도 같은 전략이 필요하다고 한다. 『내가 혼자 여행하는 이유』를 쓴 카트린 지타는 킬리만자로산을 오르는 동안 틈만 나면 정상을 바라보며 한숨짓고, 앞사람과의 거리가 조금이라도 좁혀질 때마다 추월하려고 했다. 하지만 그럴수록 지치는 건 자기 자신이었다고 말한다. 그런 그녀에게 친구와 가이드, 포터는 한목소리를 냈다. 바로 한 걸음씩 천천히 가라는 뜻의 스와힐리어 '뽈레 뽈레Pole Pole'였다. 앞뒤 가리지 않고 너무 빨리 가려 애쓰던 그녀는 결국 첫날부터 내리 3일을 쉬어야 할 정도로 무리를 했고, 자신만의 속도를 찾은 후에야 비로소 천천히 그리고 꾸준히 걸으며 킬리만자로산 정상에 도달할 수 있었다.

빨리 가는 게 어려울 것 같지만, 실제로는 천천히 가는 게 더 어렵다. 그것도 다른 사람을 의식하지 않은 채 나만의 속도를 유지하는 건 더 어렵다. 그렇지만 그게 결국 내가 원하는 곳에 닿을 수 있는 지름길이다. 오직 나에게만 집중하면 된다.

그것이 바로 내가 달리기를 하며 노력한 포인트이기도 했다. 기록을 신경 쓰지 않고 어제의 나보다 조금이라도 발전하는 걸 목표로 삼았더니 점차 달리기에 적합한 나만의 속도를 찾아갈 수 있었다. 오늘은 여기까지만 뛰어야지, 다음 날은 저기까지만 뛰어보자, 또 그다음 날은 저쪽까지만 가면 충분하다 스스로를 다독이면서 뛰었더니 한결 편안한 마음으로 지속적인 달리기를 할 수 있었던 것 같다. 그러면서 옆 사람과 대화하며 달리기가 가능해졌다.

대회에 나가서도 마찬가지다. 무사히 완주하기 위해서는 나만의 속도대로 달리는 것, 즉 페이스 조절이 핵심이다. 이를 위해 대회 측에서는 페이스메이커를 배치한다. 보통 페이스메이커는 알아보기 쉽게 풍선 등으로 표시를 한다. 어떤 사람에게 숫자 3이라는 풍선이 붙어 있다면, 그 사람만 따라 가면 3시간 만에 완주를 할 수 있는 뜻이다. 큰 대회일수록 페이스메이커의 시간을 촘촘하게 배치한다. 하프 마라톤의 경우 1시간, 1시간 30분, 1시간 45분, 2시간, 2시간 15분, 2시간 30분처럼 나에게 적합하다 생각하는 페이스메이커를 따라서 뛰면 훨씬 의지가 된다.

나는 처음에 페이스메이커를 보고 별 생각 없이 따라 뛰었다. 그저 '저 사람을 따라가면 저 시간대의 기록을 세울 수 있겠구나' '저 사람을 따라가면 좀 편하게 뛰겠구나' 싶은 생각이 전부였다. 그런데 다시 생각해보니 그건 순전히 내 위주의 판단일 뿐이었다.

페이스메이커는 대부분 마라톤을 많이 뛰어본 노련한 경험이 있는 사람들이다. 그래야 자신의 속도를 잘 조절할 수 있기 때문이다. 보통 3시간에 완주하는 사람이 4시간 대 페이스메이커를 맡는 식이다. 그들은 더 빨리 달릴 수 있는 자신의 기록을 희생하면서 다른 사람들을 위해 뛴다.

그렇다면 페이스메이커의 역할은 앞서 달리는 데 있는 것일까, 아니면 따라오는 사람들을 도와주는 데 있는 것일까? 그들을 통해 올바른 리더의 역할이란 무엇인지 생각해 볼 수 있었다. 충분히 더 좋은 기록을 세울 수 있는데도 다른 사람들을 위해 자신의 속도를 기꺼이 늦추는 사람, 한 사람이라도 목적지에 다다를 수 있도록 도와주는 사람, 앞서 달리는 것 같지만 실제 역할은 다른 사람들을 지원해주는 사람이 진정 올바른 리더가 아닐까? 우리 사회에는 이런 페이스메이커 같은 사람들이 정말 많이 필요하다.

간혹 자신이 조금 앞서서 뛰어간다는 이유 하나만으로 도움을 주어야 하는 사람들을 잊는 페이스메이커가 있다면 곤란한 일이다. 다른 이들의 성취를 돕는 원래의 역할을 잊은 채, 자신의 욕심과 속도만을 생각하며 달려가는 식이다. 다른 사람들과 함께 뛰는 목적을 잊고 혼자만 앞서 달리는 사람이라고 착각하면 곤란하다.

페이스메이커야말로 사람들과 대화하며 뛸 수 있는 속도로 대회 내내 달린다. 마라톤 내내 주위 사람들과 수다를 떠는 사람도 본 적이 있다. 그 덕분에 다른 사람들을 살필 수 있는 게 아닐까 싶다. 다른 사람들과 함께 뛴다고 생각하기에 더 빨리 달릴 수 있는 자신의 속도를 희생할 수 있는 것일 게다. 다른 사람들이 완주하는 것이 가장 큰 보람이기에 가능한 일일 것이다. 그렇기에 앞장서서 달리고 있지만, 뒤따르는 사람들도 그를 믿고 끝까지 뛸 수 있는 것 같다. 나는 이렇게 또 달리기를 하며 페이스메이커로부터 인생을 배운다.

뮌헨 근교의 아름다운 자연 중 하나인 '왕의 호수'.

달리기를 하려면
맛있게 먹어야 한다

달리기를 시작한 뒤로 나는 장보는 일을 정말 중요하게 생각한다. 아무리 먹고 싶은 음식을 마음껏 먹어도 살이 빠지면 빠졌지 찌지는 않기 때문이다. 정말 배 터지게 먹어도 살이 안 찐다. 오히려 6킬로그램이 빠져서 30년 전의 체중으로 되돌아갔다. 그 덕분에 나는 항상 먹고 싶은 음식을 살찔 걱정 없이 즐겁게 먹는다. 나뿐만이 아니다. 다이어트 효과의 증거는 쉽게 찾을 수 있다. 300킬로그램이 넘는 체중으로 달리기를 시작해 살을 엄청 많이 뺀 사람의 이야기를 해외 토픽에서 본 적도 있다.

내가 우리 집에서 담당하고 있는 중요한 업무 중 또 하나는, 바로 '장보기'다. 일주일에 한두 번씩 동네 마트에 가서 아내와 함께 먹을 음식을 사오는 게 내 담당이다.

처음 독일에 와서 장을 본 나는 깜짝 놀랐다. 장바구니 가득 무겁게 장을 봤는데 내가 계산한 액수는 고작 15유로, 우리 돈으로 약 2만 원이다. 뮌헨이 독일에서 물가가 가장 비싼데도 불구하고 과일과 고기까지 담았는데도 그 정도밖에 나오지 않아서 사진까지 찍어둘 정도로 놀랐다. 물가가 비싼 우리나라에서 그 물가를 따라가느라 버거워하는 사람들이 떠올라 마음이 그리 좋지만은 않았던 순간이기도 했다. 나라에서 해야 할 일이 이런 일들이 아닐까 하는 생각이 들었다.

내가 장보기 담당이 된 이후 조금이라도 저렴하게 장을 보는 나만의 노하우가 있다면, 우선 일요일은 절대 잊지 않는다는 것이다. 이곳은 일요일에 공항과 중앙역을 제외한 모든 마트가 문을 닫기 때문에 주말에 굶지 않으려면 월요일부터 토요일 저녁 8시 전까지 장보기를 마쳐야 한다. 집으로 날아오는 마트 전단지도 유심히 살펴본다. 전단지에서 특가로 표시된 음식이나 물건들 중에 꼭 필요한 것은 잊지 않으려고 노력한다.

그리고 대용량으로 사면 더 저렴할 때도 있지만 가급적이면 꼭 필요한 만큼만 사는 편이다. 원래 뭘 많이 사는 편도 아니지만, 내가 사는 집에 딸린 냉장고가 워낙 작은 탓도 있다. 문이 하나 달린 냉장고를 열면 맨 윗 칸에 정말 작은 냉동실이 있다. 작기만 한 게 아니라 기능도 별로다. 냉동 기능이 시원찮아서 더운 날 아이스크림도 마음대로 사기 힘들다. 그저 즐거운 마음으로 상황에 맞춰 장을 본다.

몇 번 장을 보다 알게 된 사실은 몇 가지 아이템의 경우 브랜드별로 돌아가며 세일을 한다는 것이다. 예를 들어, 이번 주는 A 브랜드의 요거트가 세일이라면 다음 주는 B 브랜드로 넘어가는 식이다. 나는 입맛이 고급스럽거나 까다롭지 않아서 브랜드별 맛의 차이를 잘 모른다. 그래서 항상 세일하는 상품 위주로 장을 본다.

특히 세일하는 소시지는 종류별로 다 먹어보았다. 뮌헨 지역에서 유명한 흰색 소시지 바이스부르스트Weißwurst도 많이 사 먹어보았고, 뉘른베르크에서 유명하다는 구워 먹는 소시지Rostbratwurst도 먹어보았다. 인스턴트나 레토르트처럼 만들어진 음식을 사 먹기보다 재료 상태 그대로의 음식을 사서 직접 해 먹는 걸 좋아한다. 그게 더 저렴하기도 하다. 삼겹살인 슈바인바우흐Schweinebauch 등의 고기도 그냥 사서 구워 먹고, 감자도 사서 그대로 삶아 먹는데 그렇게 맛있을 수가 없다. 다만 독일의 유명한 돼지고기 요리인 슈바인스학세Schweinshaxe는 집에서 직접 해먹기가 어려워 그

것만 예외로 사서 먹는다.

　가급적 짐을 늘리지 않으려고 하지만, 에어프라이어 기능까지 되는 전자레인지는 하나 샀다. 그걸로 고기도 굽고, 감자튀김과 고구마튀김도 잘 만들어 먹는다. 달리기를 할 때는 무알코올 맥주를 마시지만, 집에서는 알코올이 있는 맥주를 아주 조금 곁들여 마시기도 한다.

　술 이야기가 나와서 말이지만, 나는 장을 볼 때 가끔 와인도 산다. 이곳은 한국과 비교해서 와인 가격이 저렴하다. 대부분 5유로, 우리 돈으로 6,000원 정도 하는 제품이 많다. 한번은 마트에서 장을 보다가 16유로지만 괜찮은 와인인 것 같아서 계산대로 가져간 적이 있었다. 마트 점원은 16유로 와인을 보더니 계산을 하다 말고는 나에게 가격을 다시 알려주었다. 이게 얼마짜리인지 아느냐고, 6유로가 아니라 16유로라며 내가 혹시 잘못 봤을까봐 확인을 하는 일도 있었다.

　장을 보고 음식을 해먹는 일상은 마치 신혼 때를 떠올리게 하기도 한다. 독일에 오기 전까지 아내와 나는 서로 너무 바빠서 얼굴을 제대로 마주할 시간이 많이 부족했다. 밤늦게나 대화하고, 주말도 따로 없었을 정도였다. 그런데 독일에 와서는 작은 집, 방 한 칸에서 살며 같이 달리기도 하고, 같은 연구소를 다니다 보니 신혼 시절처럼 항상 붙어서 생활하고 있다. 다 좋은데 아주 가끔 사소한 다툼이 일기도 한다. 어디를 갈 때 계획을 세우거나 장을 봐온 식재료에 대해 서로 의견이 다를 때다. 그래도 장보기 담당은 나라는 사실을 아내가 절대 잊지 말았으면 좋겠다.

독일에서 장을 본 뒤 저렴한 물가에 놀라서 영수증과 구입한 물품들을 찍었다. 사진에서 허니 멜론이 빠져 있는데도 가격을 맞추는 한국인은 없었다.

3부
나는 내일도
완주할 것이다

마라톤 결승선을 통과한 사람들이
내가 그랬던 것처럼 행복해 보인다.
두 눈에는 눈물이 고여 있다.
우리 모두가 우승자다!
_ 게리 무흐르케(1970년 제1회 뉴욕 마라톤 우승자)

벼락치기 연습이
통하지 않는다

독일 부총리 겸 외무장관이었던 요제프 피셔는 달리기를 열심히 한 덕분에 짧은 기간 동안 몸무게를 112킬로그램에서 무려 37킬로그램이나 감량해 화제가 된 적이 있었다. 개인적인 시간을 내는 일이 너무 힘들어서 한밤중에 달리기도 하고, 독일 국민이 보는 앞에서 풀코스 마라톤을 완주하기도 했다. 물론 과도한 업무와 잦은 출장, 가정사로 인한 고민과 스트레스로 한동안 달리기를 쉬다가 다시 살이 찌면서 전보다 더욱 체중이 불어나 주위 사람들을 걱정시키기도 했다. 그렇지만 요제프 피셔는 독일 사회에 달리기의 효과를 직접 증명하며 신선한 바람을 불러일으킨 인물임에 틀림없다.

요제프 피셔처럼 누구든 달리기를 열심히 하면 놀랄 만한 효과를 얻을 수 있다. 하지만 그 결과를 유지하는 것은 다른 이야기다. 달리기는 벼락치기가 통하지 않는, 한마디로 정직한 운동이다.

이런 점에서 달리기는 강한 정신력을 오랫동안 꾸준히 유지해야 하는 운동이다. 이제까지 달리기를 하지 않던 사람이 달리기를 하기로 마음먹었다면, 달리기를 습관으로 만들기 위해 일주일에 최소 사흘 정도는 시간을 빼야 한다. 이건 생각처럼 쉬운 일이 아니다. 일이 많아서 늦게 잠자리에 들었을 때도, 갑자기 모임이 생겨 시간을 빼야 할 때도, 휴가나 여행 등으로 일상이 달라졌을 때도 달리기를 위한 시간을 염두에 두어야 한다. 그래서 나는 달리기를 통해 지속적인 효과를 거두기 위해서는 한마디로 인생의 우선순위를 바꾸어야 한다고 생각한다. 그래야 자신의 삶을 개조할 수 있기 때문이다.

이제까지와는 다른 변화를 일상 속에 만들고 싶다면 그것이 습관으로 자리 잡을 때까지 꾸준한 노력이 필요하다. 그 과정에서 중요한 건 '내가 어떤 삶을 살고 싶은가?' 하는 물음에 대한 대답이다. 건강, 행복, 성공 등 무엇이든 상관없다. 핵심은 나의 대답이 곧 우선순위가 되어 라이스프타일을 바꿀 수 있도록 해야 한다는 것이다.

다이어트만 해도 그렇다. 몸과 마음의 건강, 그리고 적정 체중이라는 핵심이 우선순위가 되지 못한 상태에서는 그 어떤 노력도 수포로 돌아가기 쉽다. 애써 노력했는데 원하는 결과를 얻지 못한다면 얼마나 속상하겠는가. 삶의 우선순위를 바꾸지 않은 채 약을 먹거나 밥을 굶으면 건강을 잃고 요요가 오는 등 부작용을 겪기 쉽다. 아무리 시간이 없더라도 운동을 함으로써 건강과 적정 체중이라는 우선순위를 챙긴다면 쉽게 옛날로 돌아가지는 않는다. 우선순위를 그대로 놔두고 표면적인 현상만 바꾸면 변화의 지속 기간이 짧을 수밖에 없다.

인생의 우선순위에 따라 우리 생활의 패턴이 바뀌어야 한다. 설명이 따로 필요 없는 당연한 이야기다. 그래야 내가 원하는 삶의 변화가 일어나고 그 과정에서 새로운 습관이 자리를 잡으면서 라이프스타일이 내가 바라는 쪽으로 바뀌는 것이다. 그것도 아주 오랫동안.

나는 달리기가 인생을 바꾸어놓을 수 있다고 믿는다. 다른 운동은 아직 경험을 안 해봤지만, 달리기만큼은 내가 직접 그 변화를 겪어보았기 때문에 자신 있게 말할 수 있다. 삶을 주도적으로 살고 싶다거나, 마음에 안 드는 자신의 어떤 부분을 바꾸고 싶다거나, 무엇이든 해낼 수 있는 자신감을 갖고 싶다거나, 누구에게도 말 못할 마음속 깊은 상처를 떨쳐내고 싶다면 변화를 시도해야 한다.

한때 나의 우선순위는 컴퓨터 바이러스 백신인 V3였다. 의과 대학원 생활을 하면서도 새벽 3시에 일어나 무조건 6시까지 시간을 냈다. 우선순위였기에 어떤 일이 있어도 그 시간만큼은 확보하려 노력했다. 백신 개발이 조금이라도 늦을수록 전국적으로 피해가 기하급수적으로 증가되기 때문이었다. 되면 하고, 안 되면 못하고는 우선순위가 아니다. 우선순위를 선택한 결과 인생의 진로까지 바꾸게 되었다. 우선순위에 따른 라이프스타일의 변화는 그만큼 강력한 효과를 지닌 무기다.

라이프스타일의 변화를 위해 달리기를 선택하는 것도 똑같다. 습관으로 자리 잡을 때까지 시간을 들여 우선순위를 삼다 보면 내가 원하는 변화는 결국 찾아오게 된다. 그리고 그 변화가 오래도록 지속될 것이다. 인생의 변화는 이렇게 만드는 것 같다.

2004년에 출간한 책 『CEO 안철수, 지금 우리에게 필요한 것은』에서도 나는 이와 비슷한 이야기를 한 적이 있었다. '살아가는 데 도움을 주는 여섯 가지 조언' 중 하나가 바로 '우선순위'였다. 각자 자신에게 맞는 삶의 철학, 즉 원칙을 가지라는 내용이었다. 그 원칙이 꼭 거창할 필요는 없다.

중요한 것은 내가 정한 원칙의 일관성을 지키는 일이다. 새로운 습관으로 자리 잡을 때까지 우선순위로 정한 원칙을 일관되게 행동으로 옮기면 그만이다. 어쨌거나 삶의 우선순위에 해당하는 원칙조차 없다면 사는 동안 이리저리 흔들릴 뿐 앞으로 나아가기 쉽지 않다. 그렇기에 우선순위를 명확히 인식하고 큰 틀을 벗어나지 않는 원칙을 정한 다음, 상당한 시간을 들여 습관으로 만들어야 한다. 말처럼 쉬운 일만은 아니지만, 쉽지 않기 때문에 더욱 신경을 써서 노력해야 하는 부분이기도 하다. 일단 시작하는 것도, 힘든 과정을 견디는 것도 정신력이다.

물론 마음이 몸의 태도를 결정하기도 하지만, 몸의 태도가 마음을 결정하기도 한다. 라이프스타일의 변화를 위해서는 내 태도에 변화를 줄 필요가 있다. 예를 들어, 공부를 할 때 집중해서 하다 보면 저절로 허리가 앞으로 숙여진다. 공부가 하기 싫고 집중력이 흐트러지면 나도 모르게 의자에 기댄 채 몸을 최대한 책과 멀리 두게 된다. 마음가짐이 태도에 그대로 반영이 되는 것이다. 반대로 아무리 느슨하게 늘어진 상태에서도 일부러 몸을 앞으로 숙여 책을 보게 되면 집중력이 점점 높아진다. 마찬가지로 아무리 집중하고 있는 상태에서도 몸을 뒤로 기대버리면 마음도 덩달아

느슨하게 바뀌어 버린다.

　달리기에도 이 원칙을 그대로 적용해볼 수 있다. 달리는 중에 힘들 때마다 억지로라도 웃어보면, 기분이 한결 좋아진다. 기분이 좋아서 웃기도 하지만 얼굴 근육을 이용해 미소를 지으면 기분에도 영향을 미치기 때문이다. 달리다가 너무 지쳐서 다리에 힘이 빠진다면 팔을 힘차게 흔들어봐도 된다. 팔을 흔들면 다리에 저절로 힘이 생기기도 한다.

　사람의 몸과 마음은 신기하다. 서로 유기적으로 연결되어 영향을 주고받는다. 좋은 영향일지, 나쁜 영향일지는 내가 선택하기 나름일 것이다.

이제까지와는 다른 변화를 일상 속에 만들고 싶다면 그것이 습관으로 자리 잡을 때까지 꾸준한 노력이 필요하다. 그 과정에서 중요한 건 '내가 어떤 삶을 살고 싶은가?' 하는 물음에 대한 대답이다.

달리기는
몸과 마음의 근육을 바꾼다

　초보자들이 달리기를 처음 시작할 때 좌절을 느끼는 순간은 뛰기 시작한 지 얼마 되지 않은 완전 초반이다. 처음 1킬로미터가 생각보다 상당히 힘들다. 숨도 많이 차고 몸도 마음대로 움직이지 않는다. 그런데 그렇게 힘든 순간이 달리기가 끝날 때까지 계속되는 건 아니다. 이 힘든 시기를 조금만 참고 더 달리면 한결 편안해지는 걸 느낄 수 있다.

　뛰어보지 않은 사람들은 마라톤이 처음부터 끝까지 힘든 운동이라고 생각하는데 꼭 그런 건 아니다. 실제로 달려보면 힘든 순간을 지나서 자신에게 맞는 속도를 찾을 수 있다. 그때가 바로 힘든 시기를 무사히 지나는 순간이 된다.

　한마디로 달리기는 정신력으로 몸을 바꾸는 운동이다.

힘들어도 꾸준히 달리다 보면 심장과 허파의 기능이 내 몸의 운동을 충분히 받쳐줄 수 있게 바뀐다.

실제로 달리기를 시작한 초반에 심박 수를 재보면 수치가 높다. 그런데 한창 뛰고 있는 도중에 다시 심박 수를 재보면 그렇게 높지 않다. 달리는 데 필요한 산소 등의 요소들이 이미 충분히 제자리를 잡은 덕분이다. 혈액 순환도 안정적으로 이뤄지기 때문에 심장이 무리해서 몸 여기저기에 피를 공급하지 않아도 된다.

많은 전문가가 드는 예인데, 풍선을 분다고 한번 상상해보라. 처음 풍선을 불 때는 잘 부풀지 않는다. 정말 세게 힘을 주어 불어야 바람이 겨우 조금 들어간다. 이렇게 몇 번 불다 보면 어느 정도 풍선이 부풀고 그제야 바람을 불어넣는 게 한결 수월해진다. 우리 몸과 폐도 마찬가지다. 풍선을 부는 것처럼 처음 달리기를 시작할 땐 힘든 게 당연하다. 1~2킬로미터는 뛰어야 어느 정도 바람이 들어간 풍선처럼 몸도 유연하게 바뀐다. 그 시간이 지나야만 전보다 덜 힘든 상태에서 달리기를 할 수 있다. 그리고 심장과 폐도 제대로 활발하게 움직일 수 있다. 다만 풍선을 계속 불면 터져버리는 것처럼 달릴만하다고 해서 계속 더 속도를 내면 부상을 당할 수도 있으니 갑자기 무리한 연습은 금물이다.

오래 달리다 보면 다리 근육도 바뀐다. 오래 달릴 수 있는 근육으로 탈바꿈하는 것이다. 원래 사람의 몸은 가만히 있어도 세포들이 죽고 없어지고 또 새롭게 생기곤 한다. 그런데 그 과정에서 오래 달리기를 계속하면 원래 잘 뛰지 못했던 근육이 장거리 달리기를 해도 끄떡없는 모습으로 변화한다. 인체의 신비란 정말 놀랍기 그지없다.

간혹 달리기와 관련해 흔한 오해를 하는 분들이 있다. 무릎이 상할까 봐 달리기를 못하겠다고 이야기하는 경우다. 의사 입장에서 결론부터 말하자면, 그런 걱정은 전혀 하지 않아도 괜찮다. 요즘 사람들의 무릎은 오히려 너무 안 써서 상하는 것이다. 무릎을 보호하겠다고 가만히 있으면 그게 무릎을 상하게 만드는 지름길이다. 적당히 쓰고 달리는 정도의 충격을 주어야 더 튼튼해지는 게 무릎이다. 물론 너무 무리하면 무릎도 상하겠지만, 천천히 달리기 정도의 운동으로 상하는 건 아니니 걱정 말고 달려도 된다.

달리기가 우리 몸에 변화를 가져오는 부분이 하나 더 있다. 정말 중요한데도 사람들이 많이 놓치고 사는 것, 바로 '우울'이다. 달리기는 우울한 마음도 건강하게 바꾸어놓는다. 미국의 경우, 전체 인구 중 10%가 우울증이라는 통계가 있다. 미국인 전체를 3억 명이라고 봤을 때 무려 3,000만 명 정도가 우울증을 앓고 있다는 뜻이다. 나는 우리나라도

이 수치와 크게 다르지 않을 것이라고 생각한다.

보통 선진국에서 인생의 행복도를 보면 20대는 높고, 30대와 40대는 점점 낮아진다. 그러다 50대와 60대가 되면 다시 높아진다. 전형적인 브이(V) 라인이다. 일도 많이 하고 가정을 꾸린 뒤 육아도 해야 하는 3, 40대의 삶이 제일 힘겹게 느껴지다가, 나이가 들수록 평온하고 편안한 노후로 접어들기 때문이다. 그러나 한국은 아니다. 20대가 그나마 제일 높았다가 30대, 40대, 50대, 60대가 될수록 점점 수치가 낮아진다. 나이가 들수록 인생의 만족도가 반비례하는 역슬래시(\) 라인인 것이다. 열심히 성실하게 사는데도 힘든 시간이 계속 쌓이기만 한다. 행복보다 불행지수가 너무 높은 것 같아 안타깝기 그지없다. 정상적인 구조가 아니기 때문에 세계보건기구에서 발표한 자살률, 특히 노인 자살률도 우리나라가 1위인 것이다.

달리기가 이 모든 우울과 불행의 해결책이 될 수는 없겠지만, 나는 조금이나마 도움이 될 수 있다고 믿는다. 전 세계적으로 달리기 인구가 느는 것도 달리기가 우울증에 효과가 있는 것과 무관하지 않다고 생각한다. 사람은 원래 달리는 동물인데, 삶이 힘들어진 데다 더 이상 달리지 않기 때문에 마음이 더 우울하고 몸이 아픈 것일 수도 있다.

「러너스 월드」 객원 편집기자인 스콧 더글러스는 『나는 달리기로 마음의 병을 고쳤다』라는 책에서 달리기가 어떻게 우울함을 극복하는 데 도움이 되는지 알려준다.

우울증의 전형적인 특징은 '내가 하는 일은 중요하지 않아' '삶의 낙이 없어'처럼 자기 패배적인 생각을 자주 한다는 것이다. 미국의 임상심리사이자 러너인 브라이언 배시 박사에 따르면, 달리기는 이러한 생각들이 잘못되었음을 증명하는 일이다. 달리기로부터 얻게 되는 커다란 심리적 이점 중 하나는 자아존중감의 향상이다. 목표를 설정하고 이를 달성할 수 있다는 데에서 자신감을 얻는 것으로, 자기 자신에 대해 더 좋게 생각하는 기회를 갖는다고 생각하면 된다.

스콧 더글러스는 이러한 배시 박사의 말을 실제로 겪어본 사람이다. 그는 기분이 불완전한 기분부전장애와 만성 우울증을 학창 시절부터 오랫동안 앓아왔다. 10대 시절, 친구들과 술을 마시고 대마초를 피우는 등 쾌락을 추구해도 나아지지 않던 그의 기분이 달리기를 하며 점차 극복 가능한 것으로 바뀌게 되었다. 달리기 덕분에 그는 정신적, 신체적 활기를 되찾을 수 있었다. 달리기를 시작한 30분 만에 긍정적이고 열의에 찬 행복한 기분을 경이롭다고 표현했다.

지난 20여 년간 우울증 치료를 위한 잠재적 방법으로 운동에 관한 연구가 증가하고 있다고 한다. 이러한 연구들은

2019년 8월 여름 어느 날, 집 근처 공원 베스트파크를 달렸다.

우울증 증상을 완화시키는 데에 운동이 항우울제만큼 효과적이라는 주장을 뒷받침하고 있다. 그 운동에 해당하는 활동은 대부분 유산소 운동을 말한다. 대표적인 유산소 운동인 달리기를 내가 계속 추천하는 이유다.

힘을 내는 주문,
Don't Stop Me Now

2018년에 개봉해 전 세계에서 이슈가 된 영화 「보헤미안 랩소디」를 나는 독일에서 보았다. 나는 원래 영화를 좋아하는데 독일에서는 독일어 더빙으로 상영하는 경우가 많아서 극장에 거의 가지 못했다. 빠른 독일어는 알아듣기가 힘들뿐더러 개봉 일정도 늦은 편이다. 다행히 「보헤미안 랩소디」는 오리지널 판도 상영한 덕분에 극장에 가서 볼 수 있었다. 세상에 내놓는 음반마다 시대를 앞서가는 음악과 퍼포먼스, 퀸이라는 밴드의 성장과 갈등까지 고스란히 담은 영화의 내용도 재미있었지만, 무엇보다 나는 영화에 나온 음악이 참 좋았다. 특히 「보헤미안 랩소디」의 영화 음악은 나의 아주 좋은 달리기 메이트가 되어주었다.

달릴 때 듣는 음악을 특별히 가리는 건 아니다. 오페라나 느린 음악을 들으며 달리면 아무리 속도를 내려 해도 힘이 안 난다. 대부분 록이나 팝이 달리기엔 적합하다. 처음 듣는 노래라 하더라도 템포가 발걸음과 딱 맞으면 힘이 나서 괜찮다. 그런 점에서 퀸의 음악은 그야말로 맞춤형 선곡이 따로 없었다. 퀸의 거의 모든 음악이 달릴 때 템포와 딱딱 맞았다. 1시간 20분짜리의 영화 음악 앨범은 어쩜 그렇게도 내가 힘들 때면 적절하게 힘을 주는지 신기할 정도였다.

달리다가 지칠 때면 「위 아 더 챔피언We Are the Champions」이 나와 힘을 주고, 또 한참을 뛰다가 도저히 안 될 것 같다 싶을 때면 「돈 스탑 미 나우Don't Stop Me Now」가 흘러나와 나를 멈출 수 없게 만들었다. 그 노래를 들으면 멈추지 말아야 할 것 같은 기분이 절로 들면서 더 달릴 수 있는 힘이 났다. 음악은 내가 생각하는 이상의 힘을 주곤 했다. 요즘도 나는 퀸에게 감사하며 그들의 음악과 함께 달리고 있다.

나는 특히 전설적인 기타리스트인 브라이언 메이에 관심이 많다. 그는 원래 천체물리학 공부를 하던 박사 과정의 학생이었다. 그러다가 퀸에 합류한 후로는 공부를 접고 열심히 밴드 활동을 했다. 퀸이 해체된 이후에는 놀랍게도 다시 천체물리학 공부로 돌아갔고, 60세에 박사 학위를 받았다. 그리고 거기서 그치지 않고 천체물리학 분야에서 왕성하게 활동했고, 그가 쓴 책들이 상을 받기도 했다. 취미로 한 수준이 아니라 프로페셔널로 왕성하고 정열적으로 일을 한 것이다. 나는 이러한 브라이언 메이의 삶에 감명을 받아, 그가 쓴 책 두 권을 사서 보관하고 있다. 다른 사람들에 신경 쓰기보다 자신의 열정이 이끄는 곳에서 최선을 다해 살고 있는 그의 인생에 대해서 우리나라 사람들에게 널리 알리고 싶다.

평소에 달릴 때는 음악을 그냥 친구라고 생각했다면, 내 생애 첫 풀코스 마라톤을 위해서는 그냥 친구가 아닌 베스트 프렌드로 생각하며 음악 준비에 신경을 썼다. 무려 4시간 정도를 뛰어야 할 테니 그만큼 음악도 중요할 것 같았다. 그래서 아예 플레이 리스트를 만들어 가져갔다.

나는 브라이언 메이의 삶에 감명을 받아, 그가 쓴 책 두 권을 사서 보관하고 있다.

퀸 음악을 기본으로 넣었고, 이번에는 레이디 가가의 노래도 함께 담았다. 레이디 가가의 「배드 로맨스Bad Romance」, 「알레한드로Alejandro」, 「몬스터Monster」 등의 음악은 리듬이 달릴 때의 발걸음 폭과 잘 맞아 자주 듣게 되곤 한다. 그 외에도 영화 「코요테 어글리」의 「캔 파이트 더 문라이트Can't Fight the Moonlight」, 내가 좋아하는 영화 「헤어스프레이Hairspray」의 「굿모닝 볼티모어Good Morning Baltimore」도 풀코스 마라톤 절친이었다. 특히 키가 작고 뚱뚱하다고 놀리는 사람들 사이에서, 사람에 대한 편견 없이 밝고 경쾌하게 삶을 대하는 「헤어스프레이」의 주인공 트레이시는 지치고 힘든 내게 에너지 넘치는 기운을 불어넣어 주었다. 등교하는 길에 만나는 모든 사람들에게 신나는 표정으로 인사해주는 트레이시의 표정을 생각하는 것만으로도 기분이 나아질 정도였으니 말이다.

다만 달리는 거리가 30킬로미터가 넘어가면서부터는 너무 힘들고 모든 게 귀찮아졌다. 베스트 프렌드는 무슨, 그냥 다 벗어 던지고 싶을 지경이었다. 게다가 음악이 아닌 땀이 귀로 흘러 들어와 아예 블루투스 이어폰을 빼버린 채 달려야 했다.

그렇다고 음악 없이 완주한 것은 아니었다. 마라톤 현장에는 언제나 음악이 흐르기 때문이다. 처음 뮌헨 마라톤 10킬로미터 코스를 달릴 때는 동네 고등학생으로 이뤄진 밴드의 음악이 그렇게 힘이 될 수가 없었다. 엄청난 연주라고 말할 수는 없지만, 정말 신기하게도 아이들이 연주하는 단순한 쿵작쿵작 하는 리듬에도 큰 힘을 낼 수 있었다. 오스트리아 잘츠부르크에서는 음악의 도시답게 다른 대회들보다 음악을 연주하는 자원봉사자들도 많았다. 아름다운 풍경과 어우러진 음악들을 들으며 마치 한 폭의 음악 영화 속에 내가 함께하는 기분마저 들게 했다.

일단 밖으로 나가 달려보기로 마음먹었다면, 달리면서 들을 음악부터 준비해보길 바란다. 내가 뛰는 발걸음에 어울리는 음악만 찾아도 환상의 달리기 메이트를 찾은 것이다. 달리다가 힘들어 음악마저 귀에 안 들어올 땐 주변에서 들려오는 소리를 귀를 기울여보라. 결코 혼자서 외롭게 달리고 있지 않다는 생각이 절로 들 것이다. 음악은 러너를 결코 쉽게 멈추게 하지 않는다.

몸의 소리에
귀 기울여라

    아무리 마라톤이 특별히 배우지 않고도 할 수 있는 운동이라 해도, 운동에는 늘 부상의 위험이 있다. 실제로 달리는 사람들 중에는 달리기를 시작한 1년 내에 50% 정도가 부상을 당한 경험이 있다고 한다. 그리고 지금 이 순간에 다친 상태에 있는 러너가 4명 중 1명 정도나 된다고 한다. 그 정도로 부상이 꽤 발생하는 운동이 바로 달리기다.

    원래 마라톤 훈련을 할 때는 일주일에 10%씩 거리를 늘리는 게 좋다. 지난주에 제일 길게 뛴 거리가 15킬로미터라면 이번 주는 1.5킬로미터 늘린 16.5킬로미터가 되어야 한다. 갑자기 20~30%씩 거리를 늘리면 부상의 위험이 크다.

훈련에서 괜히 욕심을 내다가 다치면 아예 경기 출전에 지장이 생길 수도 있다.

몸의 균형도 중요하다. 사람의 얼굴이나 몸이 완벽한 대칭을 이루지 않는다는 건 모두가 아는 사실일 것이다. 사람들은 대부분 양쪽 눈 크기나 팔 길이, 또는 골반의 균형 등이 미묘하게 다르다. 이건 어쩔 수 없는 자연스러운 일이기도 하다. 좌우가 불균형하더라도 일상생활과 단거리 달리기까지는 크게 문제되지 않는다. 그러나 20킬로미터가 넘어가는 하프 마라톤 정도부터는 이야기가 달라진다.

짧은 거리를 뛸 때는 아무런 문제가 되지 않는 몸의 불균형이 장거리를 뛰게 되면 문제가 된다. 그 불균형이 차곡차곡 몸에 쌓이면서 몸에 무리를 주게 되어 결국은 고통으로 나타나기 때문이다. 고통의 신호를 무시해버리거나 대충 치료하면 부상으로 이어지기 쉬운 것도 같은 이유다.

나 역시 달리기를 하며 얻은 부상의 경험이 있다. 내 부상의 경우는 연습량에 욕심을 냈기 때문이었다. 몸의 소리에 귀를 기울이지 않고 아픈 신호를 무시한 채 계속 달린 결과다. 몸이 피곤하고 힘들어서 아픈 것과 부상을 당하기 직전에 아픈 느낌은 다르다. 나는 바로 후자의 신호를 무시한 대가로 한동안 부상으로부터 자유롭지 못했고, 그 후유증 때문에 한동안 달리기를 멈춰야 했다. 시간이 지나도 낫지 않아서 독일인 물리치료사를 찾아갔다. 그리고 그곳에서 부상을 극복할 수 있는 중요한 조언을 들을 수 있었다.

독일인 물리치료사가 나에게 추천한 것은 두 가지였다. 첫째는 물리치료사이자 코치로 활동하는 켈리 스타렛 박사가 쓴 『레디 투 런Ready to Run』이라는 책이었고, 둘째는 뭉친 근육을 풀어주는 마사지 볼이었다.

실제로 그 책을 읽고 어떻게 부상 없이 달릴 수 있는지, 무리가 간 신체를 어떻게 관리하면 좋은지에 대해 공부할 수 있었다. 그리고 마사지 볼은 실질적으로 더 큰 도움이 되었다. 마사지 볼로는 테니스 공이나 라크로스 공 등 주변에서 쉽게 구할 수 있는 공이면 대부분 괜찮다. 사용 방법도 간단하다. 유튜브에서도 쉽게 찾을 수 있다. 마사지 볼에 체중을 실어서 근육을 지그시 눌러주면 끝이다. 정확히 아픈 부위를 찾는 과정이다.

다리 쪽은 아무래도 손과 같이 예민한 부위보다 신경이 둔할 수밖에 없다. 아파도 잘 모르고 넘어갈 때가 많다. 그런데 마사지 볼을 활용해 다리 근육 여기저기를 찬찬히 눌러보면 정확히 아픈 곳을 발견할 수 있다. 그 부위를 그때그때 풀어주어야 몸의 불균형으로 인한 피로 누적을 미리 방지할 수 있다. 나에게 절망감까지 안겨주었던 종아리 근육 부상은 마사지 볼로 모두 털어버릴 수 있었다. 이제 나는 운동을 마친 뒤 스트레칭을 한 다음 마사지 볼로 근육의 피로를 바로바로 풀어준다. 그 덕분에 부상의 재발 없이 마음껏 달리고 있다.

몸의 불균형으로 인한 부상을 관리할 때마다 인생의 균형에 대해서도 생각해본다. 삶의 균형이 완벽한 사람은 아마 거의 없을 것이다. 너무 일에 치인 나머지 자신이나 가족에게 쓰는 시간이 턱없이 부족하거나, 건강이 안 좋아서 외부 활동을 거의 못하고 있다거나 하는 식이다. 몸의 불균형이 부상으로 나타나는 것처럼, 삶의 불균형을 방치하면 언젠가 여기저기서 문제가 되어 돌아오게 마련이다.

어떤 문제에서의 불균형이 되었든 삶의 균형을 유지하기 위해 가장 우선해서 챙겨야 하는 중심은 바로 '건강'이다. 내가 미처 발견하지 못한 아픈 부위를 마사지 볼로 찾아내 풀어주는 것처럼, 나도 모르게 무시하는 건강의 적신호를 꾸준히 살필 수 있어야 한다. 특히 신체적인 건강만이 아니라 마음의 건강도 살필 수 있어야 한다. 몸이 건강해야 정신적 고통을 이겨낼 수 있고, 정신적으로 건강해야 체력도 유지할 수 있다. 건강에도 '몸과 마음의 균형'은 정말 중요한 것이다.

나 역시 건강은 따로 신경 쓰지 않아도 당연하게 유지되는 것이라 착각했던 시절이 있었다. 그런데 아니었다. 회사를 경영하던 시절, 한번 호되게 아픈 뒤에야 이게 아니구나 싶어 술을 끊었다. 정치하던 때에도 술을 안 마시는 몇 안 되는 사람들 중에 하나였다.

달리기를 하며 내가 배운 것은 건강을 통한 삶의 균형이었다. 살이 빠지고 피부가 좋아지고 근력이 느는 등의 단순한 신체적 건강만이 아니라 마음의 상처도 치유되는, 말 그대로의 균형 잡힌 건강 말이다. 균형 있는 삶, 몸과 마음이 건강해지기 위한 노력은 근본적인 변화의 시작이기도 하다. 앞에서 계속 이야기한 라이프스타일의 변화를 뜻하기도 한다.

건강을 잃으면 일은 일대로 못하고, 가족은 가족대로 불행해지기 마련이다. 이 사실을 이미 알고 있으면서도 바쁘다는 이유로 종종 잊곤 하는 것이다. 이제는 몸의 소리에 귀를 기울일 때가 되었다. 내 몸이 하는 말도 알아채지 못하면서 다른 것들에 정신을 쏟는 일은 없어야 한다. 일단은 달리기부터 시작해보라. 지금 당장 시작할 수 있는 달리기가 삶의 균형을 확실하고 굳건하게 잡아줄 것이다.

신이 인간에게 준 선물,
돌로미티를 향해

풀코스 마라톤 완주라는 버킷리스트를 하나 달성하고 났더니, 또 다른 버킷리스트가 생기게 되었다. 우연히 책을 읽다가 생긴 소망이었다. 모든 것은 마크 설리번의 『진홍빛 하늘 아래Beneath a Scarlet Sky』라는 소설 때문이었다.

이 책은 제2차 세계 대전을 배경으로 이탈리아에 살고 있던 청년이 전쟁의 소용돌이 속에서 유대인을 구하고 독일군에 입대해 스파이로 활약하는 등 전쟁이 끝나기까지 버텨내는 내용을 담고 있다. 소설의 내용도 좋았지만, 내가 관심이 갔던 부분은 따로 있었다. 바로 이탈리아 북부에 위치한 돌로미티에 대한 묘사였다. 이탈리아 청년이 주인공인 소설이다 보니 이탈리아의 잘 알려진 지역들이 배경에 등장한다. 소설에서 돌로미티는 "the grandest of God's cathedrals" 신의 장엄한 대성당이라 묘사된다. 나는 이 소설을 읽고 돌로미티에 꼭 가고 싶다는 생각이 들었다. 신이 인간에게 준 최고의 선물과 같은 돌로미티에.

뮌헨 사람들에게 등반하기에 좋은 곳을 추천해달라고 하면 놀랍게도 대부분 사람들이 독일 내에 위치한 곳이 아닌 이탈리아의 돌로미티를 이야기한다. 알프스 산맥의 일부인 돌로미티 산맥은 3,000미터 이상 되는 높이의 봉우리들이 믿기지 않을 만큼 황홀한 장관을 뽐내는 곳이라는 설명을 섞어서 말이다.

마침 2019년이 결혼 31주년이기도 해서 그 기념으로 돌로미티 등반을 계획했다. 30주년 기념은 마라톤 대회 출전으로 했으니, 돌로미티 등반은 31주년에 어울리는 이벤트가 아닐 수 없다는 생각도 들었다.

돌로미티 등반을 위해 내가 제일 먼저 한 일은 등산 동호회에 가입하는 것이었다. 내가 살고 있는 지역인 뮌헨의 알펜퍼라인Alpenverein을 찾아갔다. 영어로 치면 알프스 클럽 Alps Club정도랄까. 무려 150년 전통의 등산 동호회였다. 조선 말기 시절부터 이곳 사람들은 모임을 만들고 등반을 즐긴 셈이다. 나와 아내는 7월 25일부터 29일까지 5일 동안 그곳 사람들과 함께하는 돌로미티 등반 코스를 신청했다.

가격도 매우 저렴한 데다 회원이 아니면 묵을 수 없는 산장에 묵을 수 있다는 것이 큰 장점이었다. 그러나 국내에서 당일치기 등반도 잘 해보지 않은 사람에게 난이도가 높은 5일간 등반은 조금 무모한 도전이었다는 것을 나중에 알게 되었다.

출발 일주일 전에 다 같이 모여 등반 관련 오리엔테이션을 하며 알게 된 사실은, 외국인이 여기에 가입하고 등반하는 경우는 아주아주 드물다는 사실이었다. 실제로 우리 부부를 빼놓고는 모두 독일 사람이었다. 사람들은 우리 부부 덕분에 '인터네셔널 그룹'이 되었다며 반갑게 환영해주었다. 등반대는 총 8명으로, 60대 등반 대장 1명과 우리 부부를 포함한 50대 3명, 30~40대 대원 4명으로 꾸려졌다. 7월 25일, 우리 팀은 드디어 떨리는 마음으로 돌로미티를 향해 출발했다.

돌로미티 등반은 나를 관통하는 놀라운 경험이었다. 이전에는 한 번도 경험해본 적 없는 수준의 긴장으로 가득한, 경외감으로 몸과 마음이 충만해진 경험이었다.

첫날은 상상도 못해 본 우박을 온몸으로 맞으며 돌로미티의 환영 인사를 격하게 받았다. 카풀로 1,413미터 지점인 이탈리아의 비고 디 파사Vigo di Fassa라는 마을로 이동한 뒤

케이블카를 이용해 2,950미터 높이의 사스 포르도이Sass Pordoi로 갔는데, 말도 못하게 아픈 우박을 맞으며 1시간 정도 산길을 걸었다. 숙소인 보에 산장Rifugio Boe까지 걷는 첫날의 일정이 마치 혹독한 신고식 같았다. 숙소는 한 방에 8명씩 단체로 자는 곳이었으며, 물이나 전기가 부족해서 샤워나 휴대폰 충전은 엄두도 내지 못했다. 땀에 젖은 옷은 입은 채로 말리고 잠자리에 들었다.

둘째 날에는 오후에 온다는 폭풍우 예보 때문에 아침 일찍부터 부리나케 1,000미터 아래로 산행을 했다. 너무 고생스러운 산행이었는데, 나중에 했던 고생에 비하면 이날은 애교에 불과했다. 평소 달리기로 단련된 다리라고 생각했지만, 산을 내려갈 때 쓰는 근육은 달리기와 전혀 달랐다. 등반 대장 말로는 산을 올라가는 것은 심폐 기능으로 하고 산을 내려가는 것은 근육으로 한다고 했다. 실제로 가파른 산을 내려가다보니 이해가 되었다. 1,850미터 지점인 몬티 팔리디 산장Rifugio Monti Pallidi으로 이동한 뒤 버스를 타고 2,180미터 높이의 파소 셀라Passo Sella에 도착했다. 이후로는 마지막 날까지 계속 걷는 일정이었다. 2시간 동안 산길을 걸어 다행히 폭풍우를 만나기 전에 둘째 날 숙소에 도착했다.

이탈리아 북부의 돌로미티.

셋째 날도 눈 뜨자마자 산행이었다. 본격적으로 산을 오르는 일정이기도 했다. 서둘러 오르다 보니 1시간 40분 만에 2,985미터 높이의 플라트코펠Plattkofel 정상에 다다를 수 있었다. 이 코스만큼은 마라톤으로 단련한 덕분인지 다른 사람들에게 뒤처지지 않고 가파른 산을 올랐다. 산 정상에서 충분히 머무르면서 주위의 아름다운 경관을 만끽한 다음 다시 산을 내려와 점심을 먹고, 다시 2시간 정도를 걸어 2,440미터에 자리한 아름다운 숙소 알페 디 티레스 산장 Rifugio Alpe Di Tires에 도착했다. 숙소로 가는 마지막 코스는 고도 300미터 정도의 가파른 경사 길을 올라가는 여정이었다. 집중력을 최대한 발휘해 힘든 한 발 한 발을 내딛으면서 엄청나게 가파른 언덕길을 올랐다. 밤에는 등반 대장이 우노Uno라는 카드 게임을 가르쳐주었다. 독일에서 산을 타는 사람들이 필수로 하는 게임이라고 하면서 말이다. 문득 함께 시간을 보내며 든 기분은 이들이 단순한 동호회 회원이 아닌, 생사를 같이 하는 동지 같다는 것이었다.

넷째 날은 전날의 두려움을 뛰어넘는 생명의 위협까지 느꼈다. 숙소에서 출발한 뒤 로프가 설치된 돌산을 어느 정도 오르고 나니 눈 아래에는 깎아지른 절벽이 보였다. 내려가는 길도 잘 보이지 않았는데 모두들 아무 일도 없다는 식으로 절벽을 내려가기 시작했다. 산사태의 흔적으로 발을 딛는 곳은 미끄러지기 딱 좋은 작은 돌들이 흩어져 있었고, 내가 내려가야 할 절벽에는 아직 녹지도 않은 눈이 그대로 쌓여 있었다. 한 번만 발을 헛디디면 그대로 추락사할 수 있는 곳이었다. 살아야 한다는 생각 하나로 절벽을 내려가고 눈이 쌓여 미끄러운 깊은 계곡을 위태롭게 건너서 무사히 2,597미터의 파소 프린치페 산장Rifugio Passo Principe에 닿을 수 있었다. 이 정도 위험을 감수한 것에 대한 대가였는지, 쉽게 볼 수 없다는 자연 그대로의 에델바이스꽃도 발견할 수 있었다. 간단히 음료수를 마신 후 처음으로 비교적 평탄하고 넓은 산길을 40분 정도 걸어 2,243미터에 있는 숙소 바요렛 산장Rifugio Vajolet에 도착했다. 여기서 넷째 날의 일정이 끝났지만, 아내와 나는 숙소 부근에 있는 파소 산트네르Passo Santner에서 암벽 등반까지 해보았다. 좋은 경험이 될 거라는 등반 대장의 강력한 추천에 겁도 없이 시도해보았던 것 같다. 절반 정도 해보고는 더는 안 되겠다 싶어서 돌아왔다. 암벽 등반이 무엇인지 살짝 맛을 본 정도였다고 할까.

드디어 마지막 날의 아침이 밝았다. 이날은 아침부터 비가 내려서 비옷을 입고 배낭도 비닐을 뒤집어씌우고 출발

했다. 등반 스틱을 쓸 수 없어서 바위를 두 손으로 붙잡고 산을 오른 뒤 아름다운 장미 정원 로젠가르텐을 통과했다. 여기서 짧은 기간에만 핀다는 꽃 마운틴로즈가 가득 피어 있는 광경을 운 좋게 볼 수 있었다. 온 천지에 핀 마운틴로즈를 보며 책을 보고 상상했던 돌로미티에 와 있는 현실을 다시 한 번 깨달았다. 생전 처음 보는 아름다운 꽃들을 보면서 돌로미티에서의 마지막 산행을 마칠 수 있었다.

역시 경험만큼 좋은 건 없다는 생각이 든다. 돌로미티 등반을 하며 여러 깨달음을 얻었고, 무엇보다 겸손을 배웠다. 도시에 사는 일상에서는 우리가 세상의 주인공인 것 같은데, 엄청난 자연 앞으로 가보면 사람은 그저 스쳐 지나가는 존재임을 확인하게 된다. 인류가 세상에 존재하기 전부터 자연은 늘 있지 않았던가. 자연은 내가 죽은 다음에도 그대로 존재할 것이다. 사람이야말로 정말 잠깐 왔다 갈 뿐이다. 내가 겸손하지 않으면 안 되는 이유를 돌로미티에서 다시금 느꼈다.

그리고 팀워크의 중요성을 더욱 확실히 깨달았다. 거의 매 순간 생명의 위협을 느낄 때마다 정신을 집중한 것도 있지만, 주위 사람들의 도움이 없었다면 정말 힘들었을 것이다. 같은 고난을 헤쳐 나간 덕분인지 아내와도 더욱 친해진 기분이다. 친해지고 싶은 사람이 있다면 함께 험악한 지형의 산으로 가보길 권한다.

등반을 하면서 매 순간 생명의 위협을 느끼고 힘든 순간을 거치면서 마라톤이 그리워졌다. 그 순간에는 등반보다는 마라톤이 훨씬 쉽다는 생각도 했다. 물론 등반 후 집에 돌아온 후 다시 뛰기 시작하자마자 마라톤도 쉽지 않다는 것을 다시 깨달았지만 말이다.

Dolomite
Day 1

1 첫날은 상상도 못해본 우박을 온몸으로 맞으며 돌로미티의 환영 인사를 격하게 받았다. 2 첫날 숙소인 보에 산장 앞에서.

2,950미터 높이의 사스 포르도이. 이때는 아직 우박이 내리기 전이었다.

Dolomite
Day 2

파소 셀라에서 숙소로 내려가는 길.

둘째 날 아침 1,000미터 아래로 내려가는 산행 길. 저 멀리 한가운데 밝게 빛나는 곳
이 장미 정원, 로젠가르텐이라고 한다.

Dolomite
Day 3

셋째 날, 2,985미터 높이의 플라트코펠 정상에서.

돌로미티 등반을 함께한 8명의 알펜퍼라인 팀.

플라트코펠 정상에서 알페 디 티레스 산장으로 가는 길.

알페 디 티레스 산장 부근에 도달했을 때.

2,440미터에 자리한, 멀리서도 잘 보이는 빨강 지붕의 숙소 알페 디 티레스 산장.
돌로미티에서 유명한 산장 중 하나다.

Dolomite
Day 4

넷째 날, 목숨을 걸고 내려온 깎아지른 절벽의 모습.

산사태의 흔적으로 발을 딛는 곳은 미끄러지기 딱 좋은 작은 돌들이 흩어져 있었고, 내가 내려
가야 할 절벽에는 아직 녹지도 않은 눈이 그대로 쌓여 있었다. 한 번만 발을 헛디디면 그대로 추
락사할 수 있는 곳이었다.

절벽에 비하면 평탄하고 넓은 산길.

이 정도 위험을 감수한 것에 대한 대가였는지, 쉽게 볼 수 없다는 자연 그대로의
에델바이스꽃도 발견할 수 있었다.

바요렛 산장에 도착해 카푸치노를 마셨다. 커피에 쓰인 라떼 아트 글자는 산장 이름
인 '바요렛'이다. 산장 천장에는 달팽이 모양의 작은 조각들이 붙어 있었는데, 아마도
달팽이처럼 서두르지 말고 천천히 산을 오르고 내려가라는 의미인 것 같다.

Dolomite
Day 5

이날은 아침부터 비가 내려서 비옷을 입고 배낭도 비닐을 뒤집어씌우고 출발했다.

왼쪽은 짧은 기간에만 핀다는 마운틴로즈. 오른쪽은 생전 처음 보는, 이름은 알 수 없지만 아름다운 꽃들.

산행 마지막 지점에서 찍은 산의 모습.

플라트코펠 정상에서 아래를 보며 찍은 사진. 풍광은 멋있지만 하산 걱정이 앞섰다.

산행의 모든 일정을 마친 뒤 등반 대장이 찍어준 알펜퍼라인 팀.

팀워크의 중요성을 더욱 확실히 깨달았다. 거의 매 순간 생명의 위협을 느낄 때마다
정신을 집중한 것도 있지만, 주위 사람들의 도움이 없었다면 정말 힘들었을 것이다.

사스 포르도이에서 출발하기 전, 우박에 대비해 옷과 모자를 단단히 갖추고 함께 사진을 찍었다.

스티븐 핑커 교수와
피터 턱슨 추기경과의 만남

독일에 오고 달리기를 하며 보낸 지난 1년간의 시간이 나에게는 달리기의 본질과도 같은 '견뎌내는 삶'이었다. 정치를 했던 만 6년을 보낸 후에 맞는, 연구년과도 같은 시간이라 더욱 그렇게 느껴졌는지도 모르겠다. 나는 그저 묵묵히 뚜벅뚜벅 순례의 길을 걷는 것처럼 하루하루를 충실히 보냈다. 그리고 달리기를 하는 과정에서 마음속 상처가 치유되는 것은 미처 예상하지 못한 일이었다.

상처와 제대로 마주하기가 쉽진 않았지만, 나의 상처는 내가 소중하게 생각했던 가치가 산산이 부서지는 것에서 비롯된 것 같다. 물론 사실 왜곡이나 드루킹의 댓글 공격으로 인한 여론 조작도 가슴 아픈 일이었지만, 내가 공동체 사회에서 가장 중요하다고 여기고 어려운 가운데서도 실천했던 희생, 헌신, 책임 등 인간의 기본적인 도리를 다하는 것이 인정받지 못하고 아무것도 아닌 게 되는 상황에 큰 상처를 받았다.

나의 상처는 달리기를 통해 치유되는 동시에, 이곳에서 만난 사람들이 나의 시간을 더욱 풍요롭고 충만하게 채워주면서 아물고 있다. 독일과 유럽의 여러 나라에서 많은 사람과 다양한 주제로 이야기를 나누는 과정 역시 배움의 시간이었다. 사람들과 대화를 통해 새롭게 배우는 것들을 내 안에 채우면서, 그리고 그 과정에서 스스로 발전하고 성장하는 시간을 보냈다. 나의 지난 1년은 그 아름다운 시간이 차곡차곡 쌓이는 과정의 연속이었다.

한번은 심리학자이자 하버드 대학교 교수인 스티븐 핑커Steven Pinker를 만난 적이 있었다. 「뉴욕 타임스」에서 빌 게이츠와의 대담을 보고 나서 만나 이야기를 나눠보고 싶었던 참이었다. 프랑스 하원에서 열린 그의 강연을 듣고 함께 식사를 하는 자리에서 나눈 이야기는 내게 깊은 인상을 남겼다. 우리의 대화 주제는 '근거에 기반을 둔 정치 evidence-based politics'였다. 스티븐 핑커는 사실에 근거해 정치적인 주장을 하고 해결책을 찾는 것에 동의한다고 했다.

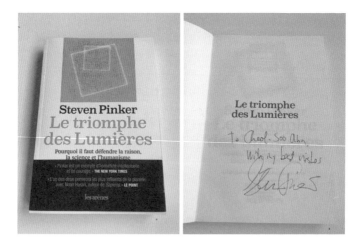

프랑스 하원에서 강연 직후 스티븐 핑커 교수와 함께. 핑커 교수의 책 『Enlightenment Now』 프랑스어 판에 사인을 받았다.

강연 이후 하원에서 핑커 교수 내외와 함께 식사를 하며 이야기를 나누었다.

감성적으로 접근해 호감만 얻는 이미지 정치, 적을 하나 만들고 그 대상만 공격하면서 문제 해결 방법은 전혀 내놓지 못하는 정치의 문제점을 지적하는 그의 의견에 전적으로 공감이 갔다. 나 역시 '탈 진실의 시대Post-truth era'에 문제의식을 느낀 지 오래되었기 때문이다.

2016년 옥스퍼드 사전은 '탈 진실'을 올해의 국제적 단어로 선정한 바 있다. 탈 진실이란, 실제로 일어난 사실과 다르다고 하더라도 감성적으로 접근해 형성된 여론이 더욱 영향력을 발휘하는 현상을 일컫는 말이다. 방송에서 엉터리 내용인데도 진지한 얼굴로 말하면, 많은 사람은 사실을 말하는 것으로 착각하는 것처럼 말이다. 악의적 의도를 가지고 의도적으로 잘못된 정보를 퍼뜨리는 '가짜 뉴스'도 여기에 해당한다. 이미 이러한 사회적 문제가 상당히 대두되었기 때문에 신조어가 생겼고, 그 말이 국제적으로 통용될 정도로 커다란 이슈가 되었다는 뜻이다.

꼭 정치만이 아니다. 요즘은 어디에서나 진실을 쉽게 접하기가 어려워졌다. 넘쳐나는 정보들 중에는 사실이 아닌 이야기가 많지만 대부분 사람들이 너무 바쁜 나머지 그 정보가 진실인지 아닌지를 밝힐 겨를이 없다. 거짓된 이야기를 그냥 믿기도 하고, 거짓으로 판명이 나도 이미 사람들의 관심사는 다른 곳으로 옮겨간 다음이다. 사실이 아닌 이야기가 득세하기 딱 좋은 환경일 수밖에 없다. 게다가 사실과 거짓을 구분해주어야 할 언론에 대한 대중의 신뢰가 떨어진 것이 사태를 더 악화시키고 있다. 그러나 이러한 추세가 계속될수록 실제 사회경제적 문제는 해결되지 못하고 우리 모두의 삶은 더욱 힘들어지게 된다는데 이 문제의 심각성이 있다.

'어떻게 하면 탈 진실의 시대를 벗어날 수 있을까?'라는 나의 질문에 대해 감성적인 수법으로 여론 조작을 시도하는 것에 대중은 계속 속지만은 않을 것이며 인공지능 등을 활용한 솔루션으로 가짜 뉴스 등을 가릴 수 있는 기술 발전을 기대한다는 스티븐 핑커의 대답을 들으며, 나는 그의 낙관적인 전망을 정말 믿고 싶어졌다. 나 역시 이러한 탈 진실의 시대에서, 현 세대가 미래 세대를 사실상 착취하며 펼치는 포퓰리즘이 만연한 사회를 보며, 미래 세대를 위한 일들의 필요성을 절실하게 느끼고 있다. 그런 절실한 마음으로 독일의 바이로이트 대학과 인공지능, 창의력, 글로벌을 접목시킨 '러닝 5.0'이라는 프로젝트도 진행하고 있는 것이다.

나는 이 프로젝트가 아이들에게 얼마나 도움이 될지 주변 분들로부터 의견을 들어보고, 가능하다면 조언도 구해보고 싶었다. 용기를 내어 바티칸 교황청의 피터 턱슨 추기경께 연락을 드렸다. 추기경은 가나 출신으로 2003년 교황요한 바오로 2세에 의해 추기경으로 서임되셨다. 지난 교황 선출 때는 현 교황님과 함께 교황 후보Papable였으며, 지금은 2017년 교황청 내에 신설된 완전한 인간 개발을 도모하기 위한 부서dicastery for promoting integral human development의 초대 장을 맡고 계시다.

추기경의 사무실은 깔끔하게 정돈된 바티칸 시티가 아닌, 로마 시내에 자리 잡고 있었다. 세계적 구호 기관 옆에 위치한 낡은 건물에서 일하는 것에 깊은 인상을 받았다. 위층으로 올라가는 엘리베이터가 층 사이에서 멈추는 고장이 났을 때 우리를 안내하던 사람이 놀라지 않는 것을 보고 새로운 문제가 아님을 짐작할 수 있었다. 흔쾌히 시간을 내주신 추기경 덕분에 러닝 5.0 프로젝트에 대한 대화를 나눌 수 있었다. 과거 가나에서 오지에 사는 아이들을 대상으로 첨단 기술을 활용한 원격 교육을 했던 본인의 경험담을 들려주시기도 하고, 바티칸 내 교육 및 지구 생태계 문제를 전문으로 하는 신부님들도 대화에 참석해 뜻 깊은 의견을 나누기도 했다.

수개 국어를 구사하고 매우 지적인 추기경은 높은 위치에서 매우 중요한 일을 맡은 많은 사람과 달랐다. 또한 내가 이제껏 만난 사람들 중 가장 따뜻한 사람이었다. 나와 아내가 누구의 도움도 받지 않고 배낭을 메고 대중교통을 이용해서 약속 장소를 찾아다니는 것이 힘들지는 않은지 걱정해주시고, 내 고민과 어려움에 대해 마음 깊이 공감해주셨다. 따뜻한 격려의 말씀과 함께 개인 연락처를 알려주시고 언제든 힘들 때는 연락하라는 말씀도 잊지 않았다. 추기경과의 만남은 내게 커다란 위로가 되었다.

추기경을 만나고 돌아가는 길에 다시금 내가 보낸 지난 1년간의 독일 생활을 순례의 길에 비유했던 생각을 떠올려보게 되었다. 순례의 길은 아직도 진행 중이지만 지금까지 보낸 시간이 헛되지 않았던 것 같다. 그렇지 않고서는 이렇게 가슴 따뜻한, 정말 뜻 깊고 충만한 시간을 갖지 못했을 것이다. 이제껏 그래왔듯이 나는 앞으로도 이렇게 소중한 인연들에 감사하는 마음으로, 내가 할 수 있는 일들에 최선을 다하면서 나의 길을 묵묵히 걷고자 한다. 아니, 열심히 달리고자 한다.

바티칸 부근 로마 시에 있는 피터 턱슨 추기경의 사무실에서.

프랑스 하원 방문과 젊은 국회의원들의 모습.

오스트리아 비엔나에 있는 유엔 국제원자력기구의 사무부총장.

프랑스의 아름다운 해변 도시인 르아브르의 시장.

전자 정부로 가장 앞서가는 에스토니아에서 핵심적인 역할을 하는
CIO(최고정보관리책임자).

독일 베를린의 인도 가운데 베를린 장벽이 있었던 곳을 알리는 표시.

파블로 피카소의 유명한 그림「게르니카」는 스페인 마드리드의 레이나소피아국립미
술관에 소장되어 있는데 실제 참상이 있었던 게르니카에는 이를 딴 벽화가 있다.

뮌헨에 있는 세계 최대 규모의
과학기술 박물관인 국립독일
박물관.

스페인 빌바오 시에 위치한 구겐하임박물관 앞에는 꽃으로 만든 엄청나게
큰 강아지 모양의 조형물이 있어서 많은 사람의 사랑을 받고 있다.

시간 가는 줄 모르고 본, 스위스 취리히미술관에 소장된 모네의 그림.

앞으로 내가
달려가고 싶은 길

　한번은 막스 플랑크 연구소 연구원들로부터 세미나 요
청을 받고 어떤 이야기를 하면 좋을까 고민을 하다가 내가
지금까지 해온 일들을 복기해보게 되었다. 돌이켜보니 지
금까지 내가 해왔던 일은 다양했다. 의사, 컴퓨터 프로그래
머, 벤처 기업 CEO, 대학 교수, 그리고 정치까지 총 다섯 가
지의 직업이 머릿속을 스쳐갔다. 짧다면 짧은 인생에서 해
온 여러 종류의 일이었지만, 그 무엇 하나 허투루 한 적은
없었다. 우리 사회를 위해서 치열하게 살았고 성과도 내면
서 깨달은 것도 많았다.
　그런데 이 다섯 가지 분야가 단순히 내 개인적인 직업에
국한되는 게 아니라 우리 사회에서 가장 중요한 부분 같다

막스 플랑크 연구소 세미나 발표. 창업자들을 위한 조언으로 "There is no such thing as too late!", 즉 "인생에서 늦은 때란 없다"라는 메시지를 강조했다.

는 생각이 든다. 의료와 건강, IT 기술, 경제와 경영, 교육, 정치는 우리 사회를 구성하는 아주 중요한 분야들이 아니던가. 중요한 일들을 해봤다고 자랑하려는 게 아니다. 그저 이 여러 분야를 하나로 묶었던 공통점이 무엇이었는지를 가만히 고민해본 시간이었다. 그 고민 끝에 내가 깨달았던 나의 정체성은 '문제 해결사problem solver'였다.

　나는 사람들이 어떤 문제 때문에 고통 받는 걸 보면 그걸 꼭 해결해주는 사람이 되고 싶었다. 이미 문제를 알게 된 이상, 그걸 그냥 지나치기가 힘들었다. 의과 대학에 진학한 이유도 생로병사로 힘들어하는 사람들을 보며 내가 도움이 될 수 있는 부분을 찾고 싶었던 것이다. 컴퓨터 바이러스도 마찬가지였다. 여기저기서 컴퓨터 바이러스 때문에 피해가 속출했을 때, 내가 고칠 수 있는 어느 정도의 지식과 경험이 있는 이상 그 문제에 뛰어들지 않을 수가 없었다. 이후 보다 체계적이고 장기적으로 문제 해결을 하기 위해 안랩AhnLab을 창업했다. 회사가 안정적으로 돌아가기 시작하자, 힘든 상황에 놓인 다른 벤처 기업들이 눈에 들어왔다. 이것만, 저것만, 조금만 도움을 받으면 잘될 것 같은데 속수무책으로 무너지는 회사들을 보면서 어떻게든 그 어려움에 도움을 주고 젊은 세대들에게도 용기를 주고 싶었다. 그렇게 나는 교수가 되었다. 그러다 결국 여러 문제를 근본적으로 해결하기 위해서는 정치 분야의 역할이 필요하다고 생각했다. 물론 처음부터 정치를 하려고 했던 건 아니었지만, 사람들의 요구와 사회 문제 해결을 생각하며 정치인이라는 직업으로까지 넘어가게 된 것이었다. 실현 가능한 정책에 대한 끈질긴 관심과 발표도 그래서였다. 그렇게 나는 여러 번의 직업을 바꾸는 동안에도 항상 해결사로서의 역할에 몰두했다는 걸 깨닫게 되었다.

어쩌면 달리기를 하는 동안에도 나는 계속 해결사의 면모를 발휘하려 했던 게 아니었나 싶다. 예순을 바라보는 나이에 느끼는 건강의 문제들을 해결하고 싶었고, 마음의 상처를 치유하면서 여러 고민이 해결되는 과정을 겪었다.

내 문제들을 해결하며 얻은 경험을, 해결사 기질을 지닌 나로서는 혼자만 알고 있고 싶지 않다. 힘든 삶을 살고 있는 주위 사람들에게도 적극적으로 알려주고 싶다. 매일같이 꾸준히 달리니까 이게 좋다, 이런 달리기를 하면서 행복을 찾으면 좋겠다는 이야기를 하고 싶은 것이다. 이제껏 해결사의 역할을 해온 나는 아마 앞으로도 그 기질을 버리지 못할 것 같다. 내가 경험한 좋은 것들을 도움이 필요한 사람들에게 계속 알려주며 살지 않을까 생각한다. 내가 할 수 있는 일에는 늘 최선을 다해왔던 내가 어디 멀리 가지는 않을 것이다.

개인적으로는 맡은 일을 열심히 하는 한편으로 러너로서

계속 살고자 하는 마음이 크다. 마라톤 대회에 나가보면 70대 어르신들 중에도 굉장히 빨리 달리는 분들이 정말 많다. 시간이 지날수록 어쩔 수 없이 기록은 점점 느려지겠지만 그래도 체력이 허락하는 한 계속 달리는 러너 선배들을 보며 나 또한 그들을 닮아가고 싶다는 소망이 있다.

지난 2019년 7월 21일에 참가했던 독일 퓌센 마라톤에서 본 어느 노부부가 있었다. 6시간이라는 풀코스 마라톤의 제한 시간이 거의 끝나갈 무렵, 한 할머니가 골인 지점으로 겨우 들어오는 모습이 보였다. 그 옆에는 목에 메달을 걸고 있는 할아버지가 있었다. 이미 결승점을 통과한 할아버지가 메달을 받은 다음 다시 할머니를 찾아가 결승점으로 같이 들어온 것이었다. 그 모습을 보며 나 역시 낭만적인 할아버지 러너가 되고 싶다고 생각했다.

그리고 지금보다 마라톤의 경험이 훨씬 더 많아져 노련한 러너가 되면 페이스메이커도 해볼 수 있지 않을까 생각해본다. 내가 참여했던 마라톤 대회에서도 할아버지 페이스메이커를 종종 볼 수 있었다. 보통 3시간 정도에 들어오는 사람이 4시간대 페이스메이커를 하게 되는데, 나는 5시간대의 페이스메이커는 해볼 수 있을 것 같다. 할아버지 페이스메이커가 되어 다른 참가자들을 무사히 완주할 수 있게 도와주는 역할도 기분 좋게 꿈꿔본다.

뮌헨의 아파트 창밖에서 보였던 아름다운 쌍무지개.

인생은 반환점 없는 마라톤이다.
돌이킬 수 없는 인생을
후회 없이 마무리하기 위해
언제나 최선을 다하는 것이 중요하다.

_ 손기정(1936년 제11회 베를린 올림픽 마라톤 금메달리스트)

언제나 최선을 다할 것, 그리고 용기를 내어 출발선에 다시 설 것.

매번 출발선에 서는 용기

처음 이 책을 써야겠다고 마음먹었을 때가 2019년 6월이었다. 그날 아침에도 나는 아내와 함께 집 근처 공원에 가서 달리기를 하고 돌아왔다. 이곳 뮌헨에서 본격적으로 달리기를 시작한 이후 인생의 많은 것이 달라졌다. 무엇보다 달리기를 하면 머릿속 생각이 말끔히 비워지는 기분이 들어 좋았다. 물론 생각을 비우고 나면 얼마 지나지 않아 다시 채워졌다. 그럼 다시 비우고 또 비우기를 반복했다.

그렇게 달리기를 하며 생각 비우기를 하다 보면 어느 순간 진짜 나 자신이 보일 때가 있었다. 내가 과거부터 지금까지 지켜온 원칙과 신념, 내가 항상 공부하고 새로운 일들에 도전하는 이유, 상황이 아무리 달라져도 절대 변하지 않을

나라는 사람의 성격과 스타일이 보였다. 달리기를 하면서 더 넓은 세상을 눈과 마음에 담는 한편, 나 자신에 대해 더 잘 알게 된 계기가 되었다.

그래서 책을 쓰면서 지금의 시간을 정리하면 좋겠다고 생각했다. 비유를 들자면, 일을 열심히 하다 보면 책상이 어지럽게 된다. 책과 자료, 노트와 필기구가 여기저기 흩어져 책상 위가 꽉 찬다. 책을 쓰는 과정은 내 머릿속에 있는 이러한 책상을 정리하는 것과 같다고 생각한다. 그동안 공부했던 책과 자료들은 중요한 부분만 발췌해서 제자리에 돌려놓고, 노트의 내용들은 정리해서 책에 쓴 후 다른 곳에 보관한다. 그러면 책상 위에는 새로 쓴 책 한 권만 남고 깔끔하게 정리된다. 다시 새로운 일을 시작할 수 있게 되는 것이다. 그런 마음으로 그동안 내가 초보 러너로서 훈련하고 첫 풀코스 마라톤을 완주하기까지의 경험과 깨달음을 이 책에 담았다.

이 책을 쓰는 도중에도 하프 마라톤과 풀코스 마라톤을 뛰었고, 돌로미티 등반을 했다. 마라톤 완주를 하고 산 정상에 등반했을 때 느꼈던 성취감은 아직도 생생하다. 사람들은 내가 진짜 행복해 보인다고 말해주었다. 내 얼굴에서도 그런 감정이 환하게 드러났던 것 같다. 깊은 산속에서 길어 올린

맑은 물처럼 깨끗하고 여운이 계속되는 감정이었다. 돌아보니 이러한 성취감은 꽤 오랜만에 느껴본 것 같다. 나이가 들면서 어느 순간부터 성취감을 쉽사리 느껴보지 못했다. 여러 일들을 하면서 나 스스로의 그리고 외부에서 바라보는 성공의 기준도 점점 높아져갔기 때문이다.

한 가지 고백하자면, 예순을 바라보는 나이지만 나는 아직도 계속 배우고 있는 중이다. 얼굴에 주름이 깊어지고 백발이 늘어나도 나는 아직도 배우는 과정에 있다. 나도 완벽할 수 없고 나 스스로 아쉬운 부분이 있음을 받아들이는 점에서 그렇고, 앞으로도 도전하고 경험해야 할 일들이 많다는 점에서도 그렇다. 나는 진정한 '어른'이 되기 위해 노력한다. 내가 생각하는 어른이란 나이 든 사람이 아니다. 나이가 들어도 성장하고 발전할 수 있는 가능성이 있는 사람, 다양한 관점을 가지고 문제를 바라보고 해결 방안을 찾을 수 있는 사람, 그것이 바로 내가 생각하는 어른이다.

달리기는 앞으로 어디로 가야 할지 고민하며 바닥에 웅크리고 있던 나를 일으켜 세우고, 다시 성장하고 싶은 마음이 들도록 이끌어주었다. 나이가 많아도 잘 달릴 수 있고, 달리려는 마음을 먹은 사람에게 한계란 없었다. 매번 출발선에 서는 일은 내면의 게으름과의 싸움이었고, 불안함과의 사투였고, 몸과 마음의 한계를 극복하기 위한 도전이었다. 함께 달리고 응원해주는 사람들이 있어서 힘을 낼 수 있었다. 도전과 성장, 배움과 나눔, 이것이 내가 달리기를 하는 이유다.

앞에서 마라톤은 내면의 고통과 불안뿐 아니라 외부의 '환호'를 극복하는 경기라고 말했다. 마라톤 코스가 아닌 우리 인생에서는 극복해야 할 것이 또 있다. 사람들의 야유와 비웃음이다. 모든 사람이 어떻게 환호만 보내줄 수 있겠는가. 내가 하고 있는 일들도 누군가는 긍정적으로, 누군가는 의심의 눈초리로 볼 수 있을 것이다. 이제는 내가 무엇을 하든 이러한 시선이 뒤섞일 거라는 건 잘 알고 있다. 그렇다고 멈춰버릴 수는 없지 않을까? 다른 사람의 판단에 따라 내 삶의 수많은 선택을 주저하거나 그만둘 수는 없는 일이다.

일단 달리기를 시작하면 견뎌내며 한 발 한 발 앞으로 나아가야 하듯 앞으로도 나는 언제 어떤 일을 할지 모르지만 우리 사회를 위한 문제 해결사로서의 내 역할을 해나갈 것이다.

매번 출발선에 서는 것은 용기가 필요한 일이다. 달리는 도중 어떤 일이 내 앞에 기다리고 있을지 모르기 때문이다. 가슴 설레며 동시에 두려운 마음을 안고 오늘도 나는 출발선에 선다.

부록

경험으로 정리한
달리기 요령

달리기를 처음 시작할 때

✔ '결심'이 가장 중요하다. 달리기는 시작도, 꾸준히 하는 것도 쉽지 않기 때문이다. 그만큼 강한 정신력이 필요하기에 달리기를 내 삶의 우선순위에 두겠다는 결심이 선 뒤에 시작해야 한다.

✔ 달리기용 러닝화와 양말을 준비하자. 운동화는 자기 발보다 5~10밀리미터 큰 것으로 골라야 한다. 뛰면서 발이 붓기 때문에 처음부터 딱 맞는 신발은 점점 발을 불편하게 만든다. 만약 달리기를 한 뒤 발톱이 까맣게 변하거나 물집이 생겼다면 신발이 작은 것이다.

✔ 비싼 브랜드, 기능성 운동복보다 더 좋은 건 무조건 편한 옷이다. 단, 면 소재는 땀이 금방 마르지 않아 곤란하다. 땀이 축축하게 젖은 채로 오래 달리고 싶지 않다면 면 소재는 피해야 한다.

✔ 걸어서 10분 정도면 도착할 수 있고 뛸 수 있는 장소를 확보하자. 만약 집 근처에 그런 곳이 없다면 차를 타고 쉽게 이동할 수 있는 곳도 괜찮다. 무엇보다 달리기를 하기에 안전한 코스여야 한다.

✔ 처음 달리기를 시작할 때는 5분 또는 1킬로미터를 천천히 뛰어보자. 쉬지 않고 뛰어보는 게 중요하다. 점점 한 번에 달리는 시간 또는 거리를 조금씩 늘려가야 한다.

✔ 달리기 초보자를 위한 앱을 스마트폰에 내려받아 사용하면 좋다. 훈련 진도를 체계적으로 발전시키는 데 큰 도움이 된다.

✔ 달리기를 지속하기 위해서는 달리기 대회에 신청하는 것도 좋다. 목표를 위해 꾸준한 훈련이 가능해진다. 대회를 고를 때에는 집과의 거리가 적당한지, 코스는 평탄한지, 주변이 아름다운지, 대회의 규모는 어느 정도인지, 참가비가 얼마인지, 지원해주는 물품이 무엇인지 등을 보고 꼭 마음에 드는 것을 선택하면 된다.

달리기 연습을 할 때

✔ 일주일에 최소 2~3번 정도는 달려야 한다. 꾸준함이 가장 중요하다.

✔ 시작할 때는 반드시 천천히 뛰어야 한다. 어느 정도 천천히 뛰는 게 편해졌을 때 속도를 점차 높이는 것이 좋다.

✔ 겨울에는 두꺼운 옷 하나만 껴입는 것보다 여러 겹의 옷을 입어야 한다. 점차 몸에 열기가 올라 더워지면 하나씩 벗음으로써 체온 조절을 하면 된다. 여름에는 26~28도 이상에서는 뛰지 않는 것이 좋다. 그 대신 새벽이나 밤중에 뛰거나 실내에서 트레드밀로 대체해도 괜찮다.

✔ 언덕을 올라갈 때는 고개를 숙여 자신의 발 앞을 보면서 보폭을 짧게 뛰는 것이 좋다.

✔ 몸의 소리에 귀를 기울여야 부상을 당하지 않는다. 어떤 부위가 아플 때, 힘든 것인지 아니면 부상당하기 전에 아픈 것인지를 알아차려야 한다. 몸은 본능적으로 그 신호를 알아채기 때문에 평소 몸의 소리에 귀를 기울여야 한다.

✔ 뛰고 난 뒤 30분 내에는 물과 단백질을 보충해야 한다. 단백질 쉐이크도 좋고 음식도 괜찮다. 그래야 근육을 새로 만드는 데 도움을 받을 수 있다.

✔ 뛰고 난 뒤 마사지 볼을 사용해서 아픈 곳은 없는지 점검하는 것이 좋다. 생각보다 다리 근육은 둔한 편이라 잘 살피지 않으면 모르고 넘어가기 쉽다. 그렇게 쌓인 피로가 부상을 만들기도 한다.

하프, 풀코스 마라톤 대회를 준비할 때

✔ 마라톤 대회에 도움이 되는 앱 사용을 추천한다. 마라톤 거리 별로 잘 구성된 프로그램의 무료 마라톤 훈련 앱들이 꽤 있다.

✔ 대회를 앞두고는 일주일에 4번 정도는 뛰어야 한다. 짧은 거리를 뛰는 회복 달리기, 천천히 뛰다 빨리 뛰는 등 속도를 조절하는 인터벌interval 달리기, 긴 거리를 뛰는 장거리 달리기를 고루 연습해야 한다.

✔ 하프 마라톤은 보통 12주, 풀코스 마라톤은 16주 정도 훈련을 하는 것이 적당하다.

✔ 일 주일에 달리는 거리는 10% 정도씩 늘려가는 게 최적이다. 욕심을 내서 더 늘리다가는 부상당할 가능성이 높아진다. 대회를 앞두고 하는 연습은 오래하는 것이 중요한 게 아니라, 부상 없이 달리는 게 더욱 중요하다.

✔ 하프 마라톤 이상부터는 뛰면서 물을 마시는 연습을 해야 한다. 에너지 바나 젤리, 바나나와 같은 과일 등 약간의 음식을 먹으면서 영양분을 보충하는 연습도 필요하다.

✔ 대회 2~3주 전부터는 몸에 무리가 가지 않도록 연습량을 줄여야 한다. 또한 탄수화물을 많이 먹어 글리코겐을 몸에 비축하는, 이른바 '파스타 파티'가 필요하다.

✔ 음악을 들으면서 뛰는 사람들은 미리 충분한 길이의 플레이 리스트를 만드는 것이 좋다. 처지는 음악보다는 빠르고 경쾌한 음악이 도움이 된다. 특히 자신이 뛰는 박자와 같은 리듬의 곡을 모아두면 더욱 효과적이다.

마라톤 대회 당일

✔ 대회 날만큼은 절대로 처음 시도하는 것은 아무것도 하지 말아야 한다. 평소에 쓰던 운동화, 입던 옷, 먹던 음식 등을 준비하자.

✔ 일찍 일어나 대회 2~3시간 전에 평소와 같은 아침 식사를 하는 게 좋다.

✔ 미리 화장실을 다녀오자. 경기 도중에 간이 화장실에 줄을 서는 일은 최대한 안 만드는 게 좋다. 물을 충분히 마셔 맑은 색의 소변이 나올 정도면 괜찮다.

✔ 대회 시작 1시간 전에 도착하는 것이 좋다. 간단한 준비 운동도 하고, 대회장 분위기도 익히면서 최대한 긴장을 풀면 된다.

✔ 다소 쌀쌀한 날씨에 참여하는 대회에는 경기용 옷 위에 다른 옷을 껴입고 있다가 경기 직전에 짐을 맡기는 것이 좋다. 반팔, 반바지만으로 추위와 애써 싸우는 것은 고통스러운 일이다.

✔ 신발 내에 발을 불편하게 하는 이물질이 없는지 미리 확인하고, 신발 끈을 확실하게 다시 매자. 개인 기록을 위한 타이밍 칩을 신발에 매는 경우에는 신발 끈이 달리는 도중 풀리는 수도 있으니 더욱 주의해야 한다.

마라톤 대회 도중

✔ 출발 때 긴장하는 것은 자연스러운 일이다. 오히려 좋은 신호로 봐도 괜찮다. 완주를 간절히 원한다는 것이므로 그 마음 그대로 열심히 최선을 다해 뛰면 된다.

✔ 초반의 레이스 분위기에 휩쓸려 평소보다 빨리 뛰는 것을 조심해야 한다. 오히려 평소보다 천천히 출발하는 것이 더 좋다.

✔ 뛰는 도중에 자신의 뛰는 자세를 점검하며 주위를 둘러보는 여유를 가지자.

✔ 가끔은 의식적으로 숨을 깊게 들이마시는 것도 좋다.

✔ 힘들 때에는 얼굴 근육을 움직여 웃어보자. 나도 모르게 기분이 좋아지면서 힘이 난다. 다리에 힘이 없을 때는 팔을 힘차게 휘저어도 좋다. 팔의 반동으로 다시 다리에 힘이 생긴다.

✔ 간단한 과일이나 젤리 등의 음식 섭취는 45분 간격으로 하는 게 좋다. 아무것도 먹지 않고 끝까지 뛰려고 하지 말자. 몸에 큰 무리가 간다.

✔ 블루투스 이어폰을 사용할 경우 뛰는 도중 빠지기도 해 경기 흐름에 방해가 될 때도 있다. 뛰는 중간중간 귀에서 헐거워지지는 않는지 체크하는 것도 좋다.

KI신서 8701

안철수, 내가 달리기를 하며 배운 것들

1판 1쇄 발행 2019년 10월 9일
1판 2쇄 발행 2019년 10월 11일

지은이 안철수
펴낸이 김영곤 박선영
펴낸곳 (주)북이십일 21세기북스

책임편집 문여울 **디자인** 형태와내용사이
마케팅1팀 왕인정 나은경 김보희 정유진
출판영업팀 한충희 김수현 최명열 윤승환
홍보기획팀장 이혜연 **제작팀** 이영민 권경민

출판등록 2000년 5월 6일 제406-2003-061호
주소 (10881) 경기도 파주시 회동길 201(문발동)
대표전화 031-955-2100 **팩스** 031-955-2151 **이메일** book21@book21.co.kr

(주)북이십일 경계를 허무는 콘텐츠 리더

21세기북스 채널에서 도서 정보와 다양한 영상자료, 이벤트를 만나세요!
페이스북 facebook.com/jiinpill21 **포스트** post.naver.com/21c_editors
인스타그램 instagram.com/jiinpill21 **홈페이지** www.book21.com
유튜브 www.youtube.com/book21pub

서울대 가지 않아도 들을 수 있는 **명강**의! 「서가명강」
네이버 오디오클립, 팟빵, 팟캐스트에서 '**서가명강**'을 검색해보세요!

ⓒ 안철수, 2019
ISBN 978-89-509-8357-4 03810